Émilie Perez-Piron

Regards noirs

Audience

Du même auteur

Ne m'oublie pas
Amalthée

Pour Victor,
Pour toi,
Pour ma famille et mes amis,

Merci à Aurélia,
Merci à Philippe.

Prologue

Quand il est entré, j'ai entendu des bruits de fracas contre le mur. Je me suis tout de suite dit qu'il avait intérêt à se calmer. Alors, je suis arrivée comme une furie dans la pièce. Mes hormones me jouaient des tours. Je m'énervais et pleurais, puis me calmais et rigolais. Cependant, à cet instant, j'étais hors de moi. Je le regardai, l'air hautain, dédaigneux ; ce minable avait envoyé la coupelle de fruits contre le mur. Il se prenait pour qui ? Dans ses yeux furibonds, plus d'étincelles, plus de vie, uniquement de la haine. J'attrapai son bras en le traitant de fou. Il avait intérêt à ramasser les dégâts qu'il venait de causer dans notre appartement. Mon dos me faisait souffrir terriblement, le poids de ce bébé commençait à peser à l'aube du sixième mois, mais j'usai de mes quelques forces pour arrêter cet homme que je connaissais peu enclin à tout détruire sur son passage comme un ouragan. Il attrapa mon bras un peu plus fort qu'à l'accoutumée. Je ne connaissais pas ce regard, ni cette violence qui émanait de l'être que j'aimais et de qui je portais l'enfant. Il réussit à me décoller du sol et dans un élan de haine, il me projeta contre l'étagère. Mon dos encaissa le coup, mais je m'explosai sur le sol dans un bruit de fracas épouvantable. Ma tête pesait lourd sur mes épaules et mon dos me faisait terriblement souffrir.

Je le vis s'approcher de moi, ma vision était trouble. Son regard avait légèrement changé, je ne le reconnaissais toujours pas. C'était un étranger qui avait l'apparence de l'homme que j'aimais. Jamais il n'aurait pu me faire cela. Il y avait une erreur. Il vint vers moi, la main tendue et soudain mille idées sombres me parcoururent l'esprit, transcrites à la seconde sur mon visage aux couleurs de la torpeur. Je retrouvai quelques forces pour me hisser un peu plus loin, loin de sa main, loin de cette apparence vague, sans âme.

Ma position de femme faible apeurée ne vint que l'agacer davantage. Il attrapa une chaise qu'il lança contre moi, contre ma silhouette, contre ma tête. Je sentis quelque chose couler le long de mon front. Dans un réflexe j'y passai ma main. Je saignais. Mon instinct de maman déjà surdéveloppé me donna les dernières forces pour me lever et courir jusqu'à la chambre afin de m'y enfermer pour pleurer et nous protéger. J'avais presque atteint la fin de ce couloir, quand je sentis sa présence derrière moi. Je n'eus pas le temps d'attraper la poignée pour me réfugier et m'éloigner de cette bête. Il m'agrippa au cou et me fit décoller du sol. Il serrait davantage en me hurlant des insultes de plus en plus lourdes. Heureusement pour moi, pour mes oreilles et pour mon être, je disparaissais peu à peu sous ses doigts. Je n'avais plus la force de me débattre, ma vision devint plus trouble, jusqu'à voir apparaître un voile blanc. Je ne suffoquais plus, j'étais un pantin à qui l'on ôtait deux vies. La mienne et celle de ma fille qui se battait depuis six mois pour gagner le droit d'exister. Soudain, tout s'arrêta et je ne réussis plus à discerner la mort de la vie. Étais-je encore vivante, allongée sur mon parquet ? La douleur d'un coup de pied me ramena à la vie. Je souffrais. J'étais vivante. Je vis une ombre s'éloigner du couloir rapidement et j'entendis une porte claquer au loin.

Je fermai alors les yeux et le noir commença à éteindre ma vue…

1

Quelques mois auparavant…

Hugo se réveilla d'un bond. Sa montre indiquait 19h. Une forme dormait près de lui qu'il considéra un moment. Au pied du lit, quelques vêtements éparpillés, seuls victorieux de cette lutte des corps. « Encore une, pensa-t-il en regardant sa longue chevelure tomber sur ses épaules ». Il attrapa son appareil photo, le must du must pour visionner les quelques clichés auxquels cette créature avait bien voulu se prêter.

Plutôt réussis… C'est vrai que j'ai du talent. Elle était jolie mais à vingt ans… On est une femme ou pas encore. On le devient ou on le confirme. Oui, bien sûr qu'elle était jolie. Très brune, longue chevelure, courbes parfaites, seins pointus, sourire abstrait,… presque absent. C'est la nouvelle tendance « je ne souris plus sur les photos ». Il paraît que ça alimente le mystère… Oui… Peut être.

Mais putain, vingt ans !… Une gamine, presque pucelle… Que sa mère m'a envoyée pour

« marquer l'événement ». Et moi,… Je la salis de mon foutre. Elle n'a pas dit non quand elle m'a cherché du regard avec ses seins bien fermes qui pointaient devant mon visage. Je me suis concentré sur… mon travail. C'est-à-dire faire des photos d'une jeune femme.

Le reste après, c'est un cadeau de la maison… un petit extra. Non pas une carte de fidélité ; je ne veux pas qu'elles reviennent toutes ces gamines pleines aux as. P'tites filles à papa et à maman qui demandent à sucer avant même d'apprendre à parler. Ça se voit dans leur regard, dès le plus jeune âge. Toutes les mêmes… Après le sexe, elles goûteront la drogue, se cameront pendant un petit temps dans les soirées branchées où le champagne coule à flots. Puis, elles finiront leurs études et se rangeront, porteront des tailleurs et feront des gosses qui, à leur tour reproduiront le même schéma. Pathétiques.

Sans doute mais en attendant, c'est grâce à ces connes que je gagne ma vie, alors il faut les brosser dans le sens du poil et faire en sorte qu'elles m'amènent leurs copines, que je baiserai à leur tour…

Je la réveillai pour lui montrer les clichés. Elle se jeta dans mes bras pour m'embrasser sur la joue. Quelle gamine ! Malheureusement, le chèque, je ne l'avais pas encore eu, alors l'étreinte bidon, je devais me la coltiner… en esquissant un sourire. C'était qui le pathétique ! Vingt ans, putain ! Quelle merde ! Elle « kiffait grave » et « me ferait de la bonne pub » dans un sourire entendu… Quand je dis *avant même d'apprendre à parler*.

Elle se rhabilla en me cherchant à nouveau du regard, je plongeai le nez dans l'ordinateur sans équivoque. Une fois c'est bon, deux fois c'est long ! J'aurais peut-être dû lui balancer mon foutre dans la figure, ça l'aurait calmée… Même pas certain… Mais elle aurait eu un truc à raconter aux copines… Qu'elle va d'ailleurs s'empresser d'appeler du bout de son dernier I phone à peine elle aura quitté les lieux.

J'imaginais la conversation qui me donnait mal à la tête… Bref, je restais le nez plongé dans mon ordinateur, les yeux un peu froncés, le genre super professionnel. Eh ! La poule aux œufs d'or ne passe qu'une fois ma cocotte ! Elle finit donc par se rhabiller, par replacer ses cheveux une fois, deux fois. Puis, la petite touche de maquillage, le rouge sur les lèvres… Ouais, pourquoi pas ?

Elle passa un coup de téléphone et sa mère arriva dans le quart d'heure. Pendant ce temps-là, il fallait bien meubler, alors je lui montrais et remontrais les photos de son cul qu'elle aimait admirer par-dessus tout. Bon c'est vrai qu'il était pas mal, mis en valeur par mon objectif et ma lumière. *Elle avait grave un cul de bombasse.* Allez, prends ça, tu pourras la mettre en profil sur ton Facebook…

La mère me régla la commande et je dus lui promettre trois fois, que cette dernière serait prête en fin de semaine. Elle organisait une grande réception et voulait y ajouter quelques clichés de *son bébé* en exposition. Ton bébé… Si tu savais…

Bien sûr que tu savais… Tu faisais la même chose à son âge, avec des drogues douces bien sûr, mais ça, t'as oublié… T'as juste vieilli, t'as juste terni. Tu t'es assombrie et tu as pourri… Avec tes bagues à chaque doigt, ton odeur de parfum trop cher. Ça m'arrive d'en être dégouté des femmes comme toi ! Mais le sourire, les compliments, c'est mon job. Qu'est-ce que tu veux, je n'ai pas le choix.

Je lui donnai une date et une heure de rendez-vous pour qu'elle vienne récupérer « son butin ». Elle le nota et me salua dans un sourire qui me rappelait quelqu'un, mais en plus décati, en plus passé… Bref en moins bandante, il faut le dire. J'espère qu'elle ne me faisait pas du rentre dedans ; c'est pas l'Armée du Salut, ici !

Quand ces deux c…. clientes prirent congé, j'ouvris une bière et m'affalai sur mon fauteuil club en cuir marron. J'admirais mon empire constitué de poutres en fer apparentes, d'une table de salon et d'une cuisine équipée donnant sur une immense verrière.

Cet endroit m'inspirait, je ne l'aurais quitté pour rien au monde. Il datait mais restait beau. Il me ressemblait un peu. Bon, bien sûr, je n'étais que locataire ici. Oui, j'avais beau côtoyer les réceptions mondaines, je n'étais que le photographe avec qui on couche pour dire de… Qu'on garde un peu en mémoire, [*Enfin, j'espère… Je suis un coup mémorable quand même*], et qu'on oublie comme un stylo sur une table, un ticket de caisse sur un tapis roulant de magasin… Bref, tu vois le genre, ou tu veux d'autres exemples ?

Ce soir, je sortais avec mon ami. Marié, rangé, bien rasé… Mais c'était mon ami, le seul être qui me ramenait à la réalité. Je savais qu'à un moment de la soirée, j'allais encore avoir droit au couplet : « Tu devrais te caser » avec une voix d'homme un peu éméché, ou complètement bourré… Tout dépendrait des circonstances. Si son mioche l'avait ennuyé [pour rester politiquement correct…], il serait complètement bourré… Pour oublier ? L'absurdité de la vie dans laquelle il s'était fourré ?!

Ouais, sa femme était *géniale*. Elle était artiste peintre, vivait dans un monde qui n'était ni le mien, ni le sien, ni celui de toutes les personnes que je connaissais d'ailleurs. Elle était belle, séduisante, charmante, attirante même dans ses petites robes blanches. La peau mate, les cheveux un peu ondulés, mais très légèrement… Elle était belle et vivante. Un sourire éclatant et un parfum fleuri tellement agréable. Elle pouvait me faire bander, oui ça arrivait, j'avoue… Même parfois être ma partenaire lors de mes soirées en solitaire… Mais le moins souvent possible, c'était quand même la femme de mon meilleur ami… Alors quand dans ces moments-là, j'avais fait le tour des pornos, des souvenirs de la journée et de tous les petits culs que j'avais eu envie de prendre, je revenais à mes vieilles racines et je pensais à elle. Une pensée bien érotique qui me donnait des ailes.

Non, qu'il arrête de se plaindre ce meilleur ami… Il avait une femme bandante. Peut-être un peu trop à son goût d'ailleurs…

Ce soir-là, il la soupçonnait de coucher avec son associé. « Et alors ? Où est le mal, pensais-je très bas pour ne pas qu'il le perçoive. » Mais comme je l'ai dit plus haut… C'était mon meilleur ami. Et bien sûr, il l'avait perçu dans mon regard d'homme blasé qui regardait sa bière se vider au rythme de sa vie qui se consumait.

— Et alors ? Et alors ? Je suis cocu mon vieux ! J'en suis certain ! hurlait-il dans le café.

— Mais non ! Tu te fais des films comme avec le facteur, comme avec son apprenti, comme avec son étudiant… Je continue ? Ou tu admets que tu es parano et encore plus quand tu as bu ?

Il s'épanchait au fil des verres qui se succédaient sur notre vieille table en bois de pseudo *pub Irlandais*.

— Mais j'ai vu son regard ! Je connais ma femme et je connais son regard !

— Arrête de boire, pauvre cloche !

Non l'occasion entre nous ne s'était jamais présentée et puis, un ami c'est plus sacré qu'une paire de fesses. Jouir en elle ou dans une autre… Quel est l'intérêt, franchement ?! En ce moment, je tourne avec des minettes de vingt ans, alors m'en taper une de trente… Plus d'expérience, plus mature, plus de courbes… trente ans c'est quand même mieux que vingt ans ! Oui, mais pas elle ! Je n'avais aucune ligne de conduite mais celle-ci au moins, il fallait la tenir ! PAS ELLE !

Je raccompagnai mon ami chez lui. Agathe nous attendait pieds nus dans le fauteuil. Elle m'accueillit, oui uniquement moi, car son mari n'était plus en état de voir qui il avait en face de lui.

Elle m'accueillit donc dans un sourire comme à son habitude. Elle me sermonna quelques instants sur le fait qu'il ne fallait pas le laisser boire autant. Il était insupportable après. Je me demande bien ce que signifiait *insupportable* pour elle. C'est vrai, ce mot pouvait avoir des tas de sens selon le contexte, et là, je me demandais ce qu'elle avait voulu dire. Mais je n'entrais pas dans ce débat… Il faisait trop noir, il était trop tard, et il fallait que je dorme. La journée avait été longue et le serait aussi demain.

Je l'embrassai tendrement sur la joue après l'avoir aidée à installer son mari – mon ami – sur le canapé, et filai sans me retourner. Je décidai de rentrer à pied. Le temps était frais mais agréable pour un mois d'avril et le vent sur mon visage me dessaoulerait un peu… Enfin je l'espérais.

J'étais dans mes pensées, à me demander vraiment si elle était capable de le tromper. Je n'en avais pas l'impression quand je la voyais recroquevillée dans son fauteuil, ses petits pieds nus sous les fesses, attendant, guettant son retour. Elle avait l'air encore *addict* à lui… Mais, va savoir… Nous ne sommes pas dans la tête des autres et encore moins dans celles des femmes…

Elles étaient pour moi imprévisibles et, face à elles, je me retrouvais comme un gosse, planté devant un trop beau jouet avec la mention écrit en gros « À manipuler avec précaution. »

Au final, je m'étais bien vite rendu compte qu'elles étaient beaucoup plus fortes que leur apparence. C'était nous, les hommes, qu'elles devaient manier avec précaution…

Bon, je ne parle pas des gamines de vingt ans, assoiffées de découverte et complètement insatiables qui pour moi ne sont pas des femmes, mais des objets sexuels. Elles ne m'inspirent rien. Ni crainte, ni envie, ni jalousie… Juste du désir… Juste une fois… Histoire de passer le temps et de garder la forme.

Toutes ces pensées m'amenèrent plus vite que convenu devant l'immense grille de l'ancienne usine divisée en lofts. J'adorais mon appartement, c'est vrai. Il m'arrivait parfois de penser qu'en ces lieux, pourrait se faufiler une silhouette féminine, apportant ses petites touches de fraîcheur çà et là. Oui, j'y pensais souvent et me disais que j'avais peut-être laissé passer ma chance à un moment…

Seulement, j'avais beau chercher, réfléchir, m'enfouir dans mes souvenirs… Des histoires d'Amour avec un grand A, je n'en avais pas connues. Bien sûr, j'ai eu des compagnes, qui ont compté plus que des coups d'un soir, avec qui ça a duré, avec qui je me suis projeté… Euh non ! Je ne me suis jamais projeté avec aucune d'entre elles. Elles me passaient le temps, je n'étais pas malheureux, mais j'aurais pu les échanger avec n'importe qui… Est-ce moi qui étais difficile ? Est-ce ma vie de *débauche* qui m'empêchait de trouver la fille qui aurait le truc en plus ? Je l'ignorais complètement et, lors de ces longues soirées, où il m'arrivait de reconduire mon ami vers sa femme, de le remettre à celle qui comptait plus que tout, il m'arrivait de l'envier et de rêver que quelqu'un chez moi, m'attendait également et pouvait se faire du souci pour moi…

Toujours, dans ces moments-là, je distinguais cette même silhouette qui s'était blottie plus d'une fois contre moi. Cette silhouette qui avait pleuré, qui avait aimé, que j'avais désirée et qui avait disparu.

Il s'agissait peut-être d'elle. Cette femme idéale, cette muse coupée à la garçonne, fringuée dans des friperies, écoutant du vieux rock des années 60. J'imaginais souvent sa vie quand la mienne partait à vau-l'eau comme ce soir. Dans une grande maison de campagne avec beaucoup d'enfants pour l'entourer et lui… Son mari…

Le réveil me tira de mes songes. Une dure journée m'attendait. J'étais convié à un mariage en tant que *reporter photos officiel*… Je détestais les mariages, mais ça rapportait bien… Alors, j'avoue qu'il m'arrivait de me prostituer parfois et d'accepter ce genre de contrat.

Arrivé sur les lieux de cet immense château, [lieu choisi par les futurs mariés pour faire de leur *plus belle journée, un moment inoubliable*], je découvris une dame, certes rayonnante et très bien apprêtée, quoiqu'un peu bouffie dans une robe meringue en satin blanc, et un homme un peu trop grand et bossu qui avait l'air de se demander s'il avait fait le bon choix… Oui, il souriait mais il n'était pas très droit dans ses chaussures ultra cirées qui devaient lui faire mal, tellement elles se rétrécissaient sur un bout pointu.

J'avais toujours des positions phares à proposer aux jeunes mariés qui semblaient boire mes propos comme le meilleur des champagnes. Tout leur plaisait, le sourire ne les quittait (généralement) pas (pour ceux qui avaient fait le bon choix…). Un petit coup de rivière, de fleurs dans les cheveux, des regards langoureux. Vas-y que je me couche dans l'herbe, que je roule dans le foin, et tout ça, sans abîmer la magnifique robe meringue… *Ne te penche pas trop quand même avec cette robe bustier qui te serre les saucisses qui te servent de bras car je ne voudrais pas que l'un de tes seins devienne acteur de mon objectif et m'éblouisse à tout jamais…*

Bon, pour le marié qui porte son épouse, on va peut-être éviter cette fois… Elle aimerait quand même consommer sa nuit de noces sans que celui-ci ne se soit fait un lumbago ! Remplaçons cette séance par une petite position assise dans l'herbe, les yeux dans les yeux, seuls au monde… uniquement entourés des trois cent invités qui regardent avec envie cette union…

Enfin, pas tous quand même… Surtout pas toutes ! Eh oui mes demoiselles et mesdames ; Dans les mariages, et je commence à être un adepte, il y a toujours les amies proches complètement dévouées, tantôt envieuses, tantôt heureuses, surtout pleureuses…

La famille qui se veut soulagée d'avoir enfin casé sa petite dernière aux formes parfois disgracieuses, est heureuse également et pousse un soupir d'apaisement.

Il y a ensuite les indifférents, la famille plus éloignée, les amis des amis, les collègues des parents qui sont, certes, contents de répondre à l'invitation, qui offriront une *compo* achetée le matin-même en vitesse et qui se gaveront de champagne et de petits fours sans se soucier ni de la tête du marié ni de la robe de la mariée.

Et enfin, il y a *surtout* celles qu'on appelle les jalouses, envieuses, vipères… Vous savez les jeunettes plus toute jeunes, super bien sapées qui ne veulent qu'une chose, faire de l'ombre à la mariée. Alors elles, on les reconnaît facilement, elles se baladent en bande. Elles refusent les petits toasts, petits fours et gâteaux salés ou sucrés qui pourraient faire gonfler leur popotin d'anorexique, mais ne lésinent pas sur le champagne, quand il est *haut de gamme*. Leur passe-temps favori dans ce genre de réception, c'est certainement de critiquer, trait par trait, la pauvre mariée qui vit, elle, sa plus *belle journée* ! La robe horrible, le visage bouffi, la coiffure vieillotte, les chaussures sans talon, les accessoires trop peu *tendance* et le maquillage trop léger… Elles sont souvent en retrait et admirent le tableau de pur bonheur de loin. Bien évidemment, elles crèvent d'envie d'avoir une robe meringue et de dire oui à une pauvre cloche qui les trompera à quarante ans… Mais elles ne sont plus toutes jeunes, ce sont des working girls, et elles se persuadent que la vie c'est être *in-dé-pen-dan-te*…

« Sûrement pas une bague au doigt… et pourquoi pas une laisse ? Non vous comprenez le mariage, les enfants, ce n'est pas pour moi… » Une bouffée de leur cigarette goût menthol dans la figure. « Je ne suis jamais chez moi, comment aurais-je le temps de gérer famille et travail ? » Et une deuxième bouffée dans la figure. « Ma carrière d'abord, le reste suivra… ça ne me manque pas. » On finit par une troisième avant que je leur serve mon baratin :

— Vous avez déjà fait des photos de portrait ? Vous avez un visage magnifique.

Et là, elles se mettent à rire à gorge déployée et j'entrevois quelques rides et la genèse d'une petite poitrine (oui généralement ces macrobiotiques ont de petits seins). Et bien souvent, c'est dans la poche. Que dis-je… C'est dans la poche, à chaque fois ! Un bon fond de commerce, ces mariages… Il m'arrive de coucher avec elles aussi, après la séance photos mais je fais davantage attention avec ce genre de femmes. Elles sont plus sournoises et plus avides que les jeunettes de vingt ans. Je reste donc courtois jusque la remise de la commande (un vrai gentleman) et je ne couche que si elles le veulent vraiment… Mon p'tit extra !

Au loin, j'en avais repéré quelques unes et je savais où me diriger quand miss Peggy et son grand dégingandé m'autoriseraient à prendre congé. Généralement, j'avais toujours le droit à ma petite coupe de champagne, et en prenant mon air le plus détaché possible, je les attirais comme des bourdons sur une fleur… au pistil ne demandant qu'à être butiné.

Je ne m'étais pas trompé. Ce fut le cas encore une fois. Une grande femme, un peu squelettique se dirigea vers moi, deux coupes à la main. Un chapeau immense (tellement grand, que je le regardai en deux fois) ornait sa minuscule tête. Elle portait une robe noire, classique et de petits escarpins. Pas de faute de goût, pas d'alliance non plus… Working girls ! Je fus étonné de ne pas voir de cigarette accrochée entre l'index et l'annulaire.

Je la remerciai vivement de cette marque d'attention et commençai mon numéro. Pendant un moment, je crus m'être trompé de personne, car elle ne semblait pas réceptive à mes compliments. Étrange, bizarre… Mais ce fut au moment de jouer ma dernière carte que je découvris une gorge un peu ridée, et une poitrine un peu plus volumineuse qu'il n'y paraissait au premier abord.

Bingo, c'était dans la poche ! Échange de numéros, d'adresses mail et rendez-vous pris pour la semaine suivante. En attendant, je repenserai à sa belle poitrine en… Enfin… vous voyez.

En rentrant chez moi ce soir-là, je lus mes messages. J'avais un petit mot déposé dans ma boîte aux lettres : *Appelle-moi ! Smiley clin d'œil – numéro de téléphone – Olivia.*

Olivia ? Olivia ? Je ne me souvenais plus d'avoir donné mon adresse à une créature portant ce doux prénom… Après quelques minutes, je me souvins enfin que la charmante demoiselle qui s'était dénudée devant mon objectif hier après-midi s'appelait Olivia…

Ça me déplaisait qu'elle s'accroche à moi. Les adolescentes ne pouvaient pas me toucher mentalement, ni ruiner ma carrière, mais par contre, elles pouvaient s'accrocher et devenir littéralement des sangsues… Je devais rester sur mes gardes et m'assurer qu'elle comprenne qu'un coup d'une après-midi, ce n'était rien d'autre. *Et oui, tu apprends la vie mais tu en verras d'autres... Crois-moi.*

Je lui envoyai donc un message assez directif, assez froid, mais avec une petite pointe de gentillesse quand même, histoire qu'elle ne décide pas de se tailler les veines à l'aube de ses vingt ans… ça serait ballot quand même… Se tuer pour moi… Bon c'est vrai, homme irrésistible que je suis, je peux comprendre que certaines se morfondent pendant plusieurs mois… Mais que voulez-vous ? Je ne peux pas être partout… Et là, il faut avouer que je n'étais surtout nulle part…

Salut Olivia, J'ai beaucoup de travail en ce moment, alors je ne peux pas t'appeler. Je prends quelques minutes de mon précieux temps pour t'écrire. Certes, j'ai passé une charmante après-midi en ta compagnie, mais il me semble plus judicieux que chacun reprenne sa vie maintenant. H.

Je le relus unc fois avant d'appuycr sur lc bouton *envoi*. C'était direct, mais sans l'être trop, et assez courtois tout de même. Bref, j'espérais que cette gamine me lâcherait la grappe.

Quelques secondes plus tard, vibration dans la poche de mon jean. Quelle réactivité ! C'est vrai, j'oubliais que les ados étaient greffés à leur portable.

Snif, smiley qui pleure (pathétique) *je pensais que je comptais pour toi.*

— Oh quelle chieuse !

Je ne m'étais pas rendu compte que ma phrase avait glissé sur mes cordes vocales. Notre bonne vieille concierge me regarda l'air perplexe. Dans un sourire confus, je m'enfuis vers mon appartement.

Olivia, j'ai passé une super après-midi et tu as compté à cet instant pour moi, mais là, chacun doit reprendre sa vie, comme une parenthèse charmante. H.

J'espérais qu'avec ça, elle me lâcherait enfin, mais c'était sans compter sur la ténacité des adolescents. Quand on dit qu'ils sont tous mous et mollassons, on oublie de mentionner les quelques pénibles qui s'accrochent et ne lâchent rien…

Nouvelle vibration ! Encore…

Qu'une parenthèse ? C'est bon garde-les tes photos pourries ! Smiley furax.

Et susceptible avec ça ! Merde, je n'avais pas eu la totalité de mon règlement, et cette merdeuse allait tout faire foirer. Non, il fallait que je retourne la situation. La calmer, mais ne pas la faire espérer… Comment réussir ? Comment réussir ???

Je les regarde pourtant en ce moment ces photos que tu trouves « pourries » et je peux te dire que le modèle est particulièrement attirant. Tu sais, je vais te faire une confidence [on va la jouer ami] *ça ne m'arrive jamais de succomber à mes modèles mais c'est simple, avec toi, je n'ai pas réussi à me contenir et j'ai fait une faute professionnelle, même si ça n'enlève rien à la magnifique après-midi que j'ai passé en ta compagnie ma petite Olivia. Tu es si jeune, si fraîche. Je ne veux pas te salir davantage de mes vilaines mains de « vieux ».* [Ooooh que c'est dur d'écrire ça, mais là t'as plutôt pas le choix.] *J'espère que tu comprends ma décision, je la prends pour toi, pour nous, pour ne pas salir davantage une relation qui aurait été vouée à l'échec. Vogue ma petite Olivia. H.*

Punaise qu'est-ce qu'il ne faut pas faire ! Qu'est-ce qu'il ne faut pas écrire pour avoir la paix dans ce bas monde ! La prochaine fois, je la ferai tourner sept fois dans mon slip avant de la sortir. Enfin, à chaque fois que ce genre de problème se pose à moi, je me dis la même chose et, finalement, c'est toujours plus fort que moi… C'est dans ma nature.

Mon portable sonna un peu plus tard dans la soirée. Supposant que c'était Olivia, je ne souhaitai pas décrocher. Mais c'était Benoît, mon meilleur ami. Il m'invitait demain soir à la soirée *galerie ouverte* d'Agathe et il tenait vraiment à ma présence, histoire d'immortaliser la soirée. Derrière lui, je pouvais entendre Agathe me supplier de sa petite voix, ce qui me valut une partie de franche rigolade avec mon ami. Bien évidemment, cela déplut à Agathe qui était assez susceptible, il fallait l'admettre. Benoît coupa court à la conversation.

Vernissage demain soir… Pourquoi pas ? Il y aurait peut-être de futures clientes…

2

Dolce Farniente...

Madeleine allait encore être en retard... Son patron était certes compréhensif, mais il ne fallait pas qu'elle abuse. Elle le savait, mais à chaque fois, elle courait après le temps. Il faut dire qu'allier étude et travail était difficile, mais avait-elle le choix ? Pas vraiment si elle voulait son indépendance... Et à bientôt trente ans, vivre encore chez papa et maman, elle le refusait !

Je descendis les escaliers qui menaient à mon petit studio, [*que dis-je : ma chambre de bonne*] en quatrième vitesse et me tordis la cheville. À presque 18h, la journée commençait bien !... La soirée serait sans doute du même acabit...

Aujourd'hui, nous devions nous rendre avec Pénélope, une collègue de travail, chez un commercial assez aisé qui avait loué nos services pour ses dix ans de mariage. Quel beau geste ! Je me demandais si j'aurais un jour l'occasion de fêter mes dix ans de mariage... Pour cela, il faudrait déjà que je trouve chaussure à mon pied. Et là, mes ballerines vinrent s'écraser, très vite rattrapées par mon postérieur, en bas des escaliers. Quelle galère !

Sur le coup, je poussai un hurlement très bestial, (Oui, quand on a mal, on ne se rend pas toujours compte), ce qui fit sortir Monsieur Michaux de son appartement du rez-de-chaussée. Avec sa canne, il évolua difficilement vers moi, le cœur sur la main, prêt à m'aider à me relever. Mais le pauvre homme avait beau m'être entièrement dévoué, à cet instant, même par terre, j'avais encore plus de force que lui et j'aurais pu, d'un doigt, le mettre par terre à son tour. Je me relevai donc avec hâte, avant d'être accusée d'homicide involontaire…

Je le remerciai sincèrement de sa présence et de sa gentillesse et filai tant bien que mal afin d'attraper mon bus qui passait dans environ… deux minutes ! Il fallait que je coure si je ne voulais pas le louper et encore me prendre une remarque du patron ! J'imaginais le regard foudroyant de Pénélope, contrainte de m'attendre, puisque c'était mon binôme sur cette soirée.

Je rassemblai le peu de courage qui me restait en essayant de faire abstraction à la douleur horrible qui me lançait dans la cheville, et courus jusque l'arrêt. J'arrivai à bout de souffle, les joues rouges et les cheveux en pétard, devant ce petit abribus où étaient assis deux jeunes garçons d'à peine quinze ans, une cigarette à la bouche. Ils me dévisagèrent ; je leur lançai alors un regard noir. *Debout, morveux !* Le bus avait cinq minutes de retard… Je n'étais donc pas obligée d'alimenter mon entorse…

Le trajet d'environ un quart d'heure fut pénible car je fus contrainte de rester debout. Eh oui, je n'étais pas enceinte, ni handicapée et le privilège de l'âge ne me touchait pas encore. J'étais donc collée contre la vitre de ce bus. Je sentais derrière moi des odeurs malsaines et des bruits de reniflements complètement répugnants. Je fermai les yeux quelques instants, et tentai d'oublier à quel point la vie pouvait être difficile, parfois…

Heureusement, j'arrivai à l'heure au travail. En boitillant, mais à l'heure.

Steeve, mon patron remarqua à la seconde ma démarche et me questionna sur le pourquoi de ce nouveau pas. Il pensait peut-être que je le faisais exprès pour me faire plaindre ! Je lui racontai alors ma péripétie très succinctement, car l'heure de repartir était déjà arrivée. Il nous donna les consignes et l'adresse pour le service et s'assura que je pouvais tenir sur mes jambes toute une soirée.

— Tu comprends, c'est un gros client. Vous n'avez pas le droit à l'erreur !

Et moi qui pensais qu'il s'inquiétait pour moi… Qu'est-ce que je pouvais être gourde parfois !

Sur le trajet, dans la superbe camionnette conduite par Axel, le chauffeur de la soirée, Pénélope ne décrocha pas un mot. Elle avait le nez enfoui dans son portable et l'air contrarié. J'osai lui demander si tout allait bien pour elle, mais je n'obtins pas de réponse. J'enchaînai donc sur ma chute mémorable, histoire de détendre l'atmosphère…

Soudain, Pénélope releva la tête et me fixa d'un regard noir comme si j'avais tué et enterré son meilleur ami…

— Tu me parlais ?

— Euh oui, mais… Tu as l'air occupé alors…

— Oh non ! Je me suis prise la tête avec Antoine…

— Aaah…

Elle ne me laissa pas le temps de finir ma phrase et enchaîna dans un monologue, comme à son habitude lorsqu'elle se disputait avec Antoine… Autant dire que c'était récurrent, et nous savions, Axel et moi, que nous en avions pour tout le trajet et que celui-ci serait long.

Pénélope était le genre de fille assez banale. Elle ne dégageait rien. Ni de charme, ni de charisme… Même pas de petits défauts sur le visage, de petites imperfections qui font d'une personne simple, une personne un peu moins ordinaire. Donc, le trajet fut long, mais les regards échangés avec Axel par le rétroviseur de la voiture le rendirent moins pénible.

Axel… Que dire sur lui ? Jeune. Très jeune ! Trop jeune ! Il avait vingt-trois ans tout au plus et faisait ce travail depuis quelques années. Il nous conduisait chez les clients et nous attendait dans la voiture toute la soirée, en assurant bien sûr notre sécurité. Bon, c'est vrai, j'avais eu un rapprochement une fois. Mais il ne me faisait pas vibrer, c'était une erreur.

Ça remontait à plus d'une année. Il faut croire que la gente masculine avait du mal à assimiler la négation, car depuis ce petit dérapage, il rôdait autour de moi comme un vautour autour d'une carcasse, et j'appréciais peu l'image que me renvoyait cette comparaison.

Alors je le repoussais tant bien que mal. Jusqu'au moment où trop usée de dire non, trop jeune pour vivre seule, trop triste pour m'endormir seule, je l'accepterais dans mon lit où nous ferions l'Amour, une fois, deux fois, trois fois sur la nuit et où il s'endormirait sur son côté d'homme conquérant et heureux d'avoir vaincu.

Mais descends de ton nuage ! Tu n'avais rien réussi à vaincre, seulement la solitude de mes nuits. Mon corps s'était offert à toi comme il aurait pu s'ouvrir pour n'importe quel autre homme. Tu n'avais rien d'exceptionnel, tu m'avais juste baisée, ça ne faisait pas de toi un mec à marier !

J'avais donc beaucoup de mal à rester sereine quand je savais qu'il serait de la partie pour la soirée. Cependant, comme je savais que je lui plaisais, c'était plus fort que moi, j'étais obligée de l'aguicher, de le séduire, et quand arrivait inévitablement la phase « Je veux plus qu'un regard », je le repoussais comme s'il abusait, avec un air étonné, limite choqué qu'il ait pu croire que quelque chose serait différent ce soir-là... Je me jouais de lui chaque fois qu'il réclamait plus ; il courait et je m'en amusais.

Parfois, Pénélope qui avait calculé mon petit jeu me faisait la morale.

Cette fille, mal habillée, mal coiffée, qui avait du mal à aligner deux mots, me faisait la morale, à MOI ! Je ne l'écoutais pas, je m'en moquais. Je m'enfermais dans un mutisme et acquiesçais en silence pour être tranquille, comme une enfant que l'on gronde.

Je ne disais rien pour deux raisons :

Premièrement, je savais que qu'elle était extrêmement têtue et que lui tenir tête ne changerait rien… Elle argumenterait jusque la dernière heure du petit matin. Et, généralement, après ma journée à la fac, je n'avais pas envie de polémiques.

Deuxièmement, je savais qu'au fond elle avait raison. *Je ne devais rien laisser espérer à ce pauvre petit chauffeur qui en pinçait pour moi.* Mais je le répète, c'était plus fort que moi… Tous ces hommes trop faciles, trop prévisibles m'ennuyaient. J'aurais aimé rencontrer quelqu'un qui me fasse vraiment vibrer.

Mais entre la fac, le travail et les sorties dans les mêmes bars, avec les mêmes copines, le temps présent ne m'ouvrait pas beaucoup le champ des possibles.

Arrivées sur les lieux de la soirée, nous fûmes d'abord en admiration. Il s'agissait d'un manoir entouré d'un domaine immense où s'écoulait une petite rivière, où des chênes plusieurs fois centenaires avaient pris racine.

Les quelques marches qui nous séparaient de la grand porte nous parurent gigantesques. Elles l'étaient effectivement. Nous n'eûmes pas besoin de sonner. Un homme d'une trentaine d'années nous attendait, vêtu d'un costume bleu marine et d'une chemise au col mao blanc cassé, dont le dernier bouton était entrouvert pour donner un style assez décontracté à son allure. Son sourire pincé nous rappela directement qu'on ne jouait pas dans la même cour. *Et oui, toi t'es plein aux as et tu peux te payer les services de charmantes demoiselles dans notre genre, qui ne seront que de passage dans ta vie...* Exaspérant. Mais il fallait bien payer les études...

Il nous serra la main du bout des doigts en nous toisant des pieds à la tête avec insistance. Si bien que je revérifiai la propreté et la rigueur de ma tenue. Il nous désigna la cuisine d'un geste de la tête avec un semblant de sourire en coin.

Il se dérida enfin une fois que nous fûmes dans la cuisine. Il nous expliqua dans un premier temps qu'il nous avait engagées pour faire la surprise à sa femme à l'occasion de ses dix ans de mariage. Il voulait que tout soit parfait et attendait de nous beaucoup de discrétion et de professionnalisme. Pénélope lâcha un soupir de désapprobation. Je l'entendais déjà me chuchoter dans le creux de l'oreille toutes les gentillesses qu'elle pensait et qu'elle ne se priverait pas de dire à Steeve...

Le regard froid de notre client me glaça l'échine, je baissais les yeux comme une écolière fautive.

Nous écoutâmes donc son discours sans sourciller, et nous comprîmes que la soirée serait longue.

Une petite heure plus tard, sa femme arriva. Elle était magnifique. D'une classe et d'un charisme sans pareil. Lui, paraissait fade à côté d'elle. Elle lui sourit d'un regard entendu, mais ses yeux ne pétillaient pas. Je compris alors qu'il était fou d'elle, mais qu'elle commençait à trouver leur union ennuyeuse. Ils échangèrent un baiser au coin des lèvres, sans passion, mais elle garda sans cesse son sourire.

Son teint était d'une blancheur apparentée à la neige immaculée et ses lèvres maquillées de rouge ressortaient de son visage de poupon. Ses cheveux, coiffés d'une queue de cheval, étaient d'un blond presque platine et ses yeux d'un bleu lagon. Sa taille fine était habillée d'un tailleur noir et d'une chemise un peu trop ouverte, laissant entrevoir la genèse d'une petite poitrine et d'un soutien-gorge en dentelle noire.

Son mari lui présenta la table installée avec hâte en lui tenant la taille, attendant sa réaction comme un caniche sa gamelle. L'homme froid et hautain paraissait d'un seul coup démuni devant une femme dont il était fou et qui s'éloignait de lui.

Devant tant de faiblesse, il me fit pitié et je me radoucis. Mon visage cerné et fatigué lâcha un sourire à cette jeune femme dont le mari d'une aisance financière apparente, lui mangeait dans la main. Quelle classe !

Une fois dans la cuisine, Pénélope déversa son venin sur cette femme. Elle détestait la gente féminine, surtout quand celle-ci était belle, riche et réussissait dans la vie. Je ne partageais absolument pas son avis mais je me gardai de lui dire, car je voulais la paix.

La soirée se déroula sans heurt. Nous préparâmes le repas et fîmes de notre mieux pour mettre les petits plats dans les grands. À chaque assiette confectionnée, apportée et admirée d'un regard narquois par cette beauté, il me faisait davantage pitié. *Tu peux faire ce que tu veux, cette femme ne t'appartient plus. Elle est déjà loin. Son cœur est pris, « et son cul aussi »... Pauvre mec !*

Une fois le repas terminé, la vaisselle faite, la cuisine rangée et les ustensiles dans la camionnette, le « grand » propriétaire nous invita à prendre congé en nous donnant à Pénélope et à moi un pourboire conséquent, comme à chaque fois dans ce milieu bourgeois.

Axel, qui comme d'habitude, avait attendu dans la voiture, n'avait rien eu et pesta tout le long de la route. Il raccompagna Pénélope en premier et m'invita à prendre place à côté de lui. Je lui cédai dans un sourire. Il fut conquis, mais moi pas. Je ne décrochai aucun mot durant ce court trajet. Arrivés à destination, l'atmosphère devint de plus en plus malsaine ; il me fixait, je baissais la tête au point de la rentrer dans mon cou. Si j'avais pu disparaître... Mais j'étais là, assise à côté d'un homme brûlant de désir pour moi. Je m'efforçais de ne pas compter les jours… semaines… mois… (?), qui me séparaient de mon dernier coït. Je sentais mes joues s'empourprer rien qu'à cette pensée. Alors, je tournai la tête vers lui. Son regard de braise ne me touchait pas. Ses belles dents blanches ne m'inspiraient pas, son sourire ne m'attirait pas… Mais ma voix, ma langue, [mes alliées habituellement], prirent le pas sur mes pensées et proposèrent un dernier verre. Mon esprit bouillait d'avoir sorti une telle connerie ! Mon ventre se tordait, ma culotte se fripait sous mes jambes qui se recroquevillaient. Bien évidemment, il accepta de suite avec un large sourire à la Joker… Un peu sournois, satisfait de m'avoir fait succomber à son charme…

Mon gars, si tu connaissais les vraies raisons… !

J'étais crevée, j'avais cours le lendemain, il était tard… et je n'avais pas tellement envie de me lover dans ses bras. Mais lui ou un autre. Je savais très bien qu'il ne fallait pas, car je ne ferais pas ma vie avec cette espèce de grande bouche très difforme. Mais la solitude… La solitude… Elle a bon dos, c'est vrai. Oh et puis m…. ! J'allais boire plus que de raison et demain j'aurais tout oublié. *Alors à quoi bon le faire ?* me criait ma conscience… Le côté animal de mon cerveau, [vous savez, celui qui a besoin du coït], terrassa ma conscience, et elle se tut pour le reste de la soirée. Elle laissa libre cours à mes fantasmes et mes délires alcoolisés… Très alcoolisés.

Je voulus d'abord ouvrir une bouteille de vin blanc, mais devant sa moue réprobatrice, je me sentis coupable de ne pas lui proposer une bière. Ah oui, c'est vrai ! En plus d'être con, il était aussi très jeune dans sa tête et en était encore au stade « Je me bourre la gueule avec de l'alcool de merde ».

Pauvre ami !

Jeune et con ; les deux n'étaient peut-être pas dissociables…. Quand je me regardais, j'approuvais sans souci cette hypothèse. Sauf que moi, j'étais moins jeune, j'approchais les trente ans.

Trente ans… J'ouvris la bouteille de vin blanc pour fêter mon « non anniversaire » et me donner du courage. Il allait m'en falloir… La discussion fut aussi vide que cette bouteille que je m'étais enquillée sans même m'en rendre compte.

Le jour traversait les persiennes branlantes et mal montées, j'étais célibataire et assez gourde dans mes faits et gestes, de plus, l'idée de me ruiner à acheter une perceuse ne me traversait pas l'esprit. À chaque fois que je rentrais dans un magasin de bricolage, j'allais directement au rayon « accessoires », afin de dénicher les derniers coussins en peau de bête ! La classe.

Le mal de tête qui tambourinait dans ma boîte crânienne était à peine moins supportable que la vision d'Axel endormi à côté de moi.

Et merde… Pensais-je très fort.

Il bougea et je tressaillis. L'avais-je dit aussi fort ? Il se tourna vers moi avec un regard satisfait, les yeux embués de sommeil, d'alcool et de sexe…

Oh mon Dieu ! Pourquoi étais-je si faible ? Par bonheur, je ne me souvenais de rien. Rien de ses gestes, sans aucun doute maladroits et brutaux. Rien de son haleine d'alcool et de ses aisselles transpirantes. Cependant, il était là, dans mon lit et il me dégoûtait. Il y avait mieux pour démarrer la journée…

Son regard de caniche implorant un compliment, une remarque, un mot doux, gentil me fit prendre conscience une fois de plus à quel point je détestais coucher avec lui. Pourquoi n'avais-je jamais cette prise de conscience avant ? Je fis un bond en découvrant l'heure à mon réveil. 7h30. Je commençais mes cours dans trente minutes… Je bondis du lit et lui jetai ses vêtements à la tête.

— Je suis en retard, grouille-toi ! Habille-toi et va-t-en !

— Bonjour, me dit-il dans un large sourire.

— Bonjour ! Maintenant, barre-toi ! Je vais être en retard !

— Tu étais plus aimable hier soir, me lança-t-il.

Oh mon Dieu ! Je sentis mes joues s'empourprer. Ce fut plus fort que moi, je m'arrêtai un instant et le fusillai du regard.

— Écoute : ce qui s'est passé hier soir, je ne m'en souviens plus et heureusement. C'était une erreur de te proposer de monter et de coucher avec toi. Alors maintenant, j'aimerais que tu balances tes souvenirs de l'autre côté de la terre et que tu m'oublies !

— Pourtant, ce n'est pas ce que tu disais hier soir…

— Arrête avec tes insinuations douteuses. Je t'ai déjà dit que je ne me souvenais de rien. Je ne veux plus en parler et je veux que tu dégages de ma chambre et de mon appart'. Suis-je claire ?

Il attrapa ses vêtements et s'habilla sans souffler mot. Je m'efforçai de ne pas m'excuser. Je devais être cassante pour qu'il me fuie une fois pour toute. C'est vrai que ses fesses étaient sympas et que c'était peut-être un bon coup. Allez savoir, je ne me souvenais de rien et je ne voulais plus jouer avec lui.

Je regardai son jean un peu délavé m'échapper pour de bon et me sentis soulagée. La porte claqua et je me précipitai dans la salle de bains. *Dix minutes perdues avec ces bêtises.* Tout en me brossant les dents afin d'enlever cet arrière-goût de vin blanc et de sommeil, je regardais dans le miroir ce visage qui m'appartenait, un peu trop cerné et un peu trop creusé. De petites rides venaient se moquer de moi au coin des yeux.

Trente ans... Peut-être que j'aurais dû être plus sympa avec Axel...

Mon téléphone me sortit de mes songes. C'était Steeve, mon patron. Il me proposa un nouveau contrat pour ce soir. Oui, il savait que ce n'était pas prévu et que j'avais des examens à la fin du mois, mais il comptait vraiment sur moi. L'équipe habituelle serait au complet pour assurer la soirée de cette galerie d'art.

L'équipe habituelle... Et merde !

3

Une rencontre, le hasard, toujours, nous pousse à nous dépasser

Sa barbe avait quelques jours, ses chaussures étaient vernies et son appareil paré de ses meilleurs objectifs. Hugo était prêt pour la soirée de ses amis. Sans doute allait-il encore rencontrer des célibataires en mal d'amour, prêtes à tout pour entendre une fois encore, que leur corps était superbe sous la lumière de son objectif. Il insisterait pour le faire gratuitement et elles accepteraient.

Pour sûr avec elles, je ne ferai pas d'argent. Mais elles me ramèneront leurs petites copines… Et là, j'en ferai des caisses devant ces végétariennes qui se refusent même de regarder un plat gras dans les yeux, par peur de prendre quelques grammes.

Elles étaient pathétiques. Toutes celles que j'avais rencontrées depuis toi étaient pathétiques. J'avais tout fait pour t'oublier, pour te zapper, jusqu'à supplier mon esprit cruel de t'effacer. Tous les jours, pendant des mois, voire des années, je me suis forcé à me dire que tu n'existais pas. Cependant, ce soir, devant ma coupe de champagne, je pensais à toi…

Où étais-tu ? Que faisais-tu ? Aucune nouvelle de toi depuis cinq ans. Tu pouvais être fière de moi, j'avais tenu promesse, tu hantais encore mes pensées. Je t'imaginais souvent au bras d'un homme fort, pouvant soutenir tes humeurs sombres et tes caprices. Un homme costaud, droit dans ses bottes, quelques cheveux grisonnants sur la tempe, ce qui, à tes yeux, faisait ressortir cette virilité que tu t'étais obstinée à rechercher dans toutes tes conquêtes passées. Et sans doute futures, qui sait ? Je n'avais plus jamais demandé de tes nouvelles, je m'étais exilé et les premières heures de cette vie m'avaient été tellement pénibles. Je ne pouvais me résoudre à te quitter pour toujours et pourtant je n'avais pas le choix.

(*Il fallait laisser le temps t'aider à cette reconstruction* et pour cela aux yeux de tes proches cette fois, je n'avais pas assez de virilité).

L'état dans lequel tu t'étais plongée avant mon départ ne me laissait rien présager de bon pour toi, mais peu importe, j'avais fui sous la menace et la contrainte. Cela faisait cinq ans, jour pour jour, que je n'avais plus de nouvelles de toi. Souvent, lors de mes crises nocturnes, assoiffé d'alcool et en manque de drogue, lors d'un délire plus fou, plus sombre et plus cruel encore, je te voyais entrer dans ma sinistre chambre et te blottir dans mes bras. Tu étais toujours vêtue d'une longue robe blanche et tes pieds étaient nus. Je sentais la chaleur de ton corps contre le mien, je caressais ton visage et toujours, au moment où j'allais te donner ce baiser, tu disparaissais. Toujours également, suivant cette moitié de rêve ou moitié de délire, je me réveillais trempé de sueur et d'urine. Je regardais l'état de mes draps et je me trouvais pathétique. Je restais nu dans ce lit froid et humide sans prendre la peine de me changer. Cette situation dura bien plus longtemps que quelques heures, bien plus longtemps que quelques mois…

Après ces parenthèses sordides qui me rappelaient ma pitoyable existence, je me remobilisais et cherchais la conquête qui me permettrait de t'oublier. S'ensuivait alors une course contre ces femmes que je ne désirais pas, mais qui me procuraient mon besoin naturel d'homme - animal.

Un jour, une histoire de cul alla plus loin que les autres.

Nous nous étions rencontrés sur son lieu de travail, elle était serveuse dans un « fast-food » et elle était magnifique. Plus belle que toi ? Je ne sais pas… Oui, sans doute… Comme toutes les Japonaises, elle était très brune et avait une peau très pâle. Sa taille était fine mais son visage était rond. Ses yeux étaient d'une noirceur diabolique. Je ne comprenais rien à sa langue, et devant mon air penaud, elle se mit à rire. Grâce au langage des signes et un peu d'Anglais, je réussis à me faire servir. Il était tard et ce « pseudo resto » allait bientôt fermer ses portes. Elle prit soin de nettoyer son comptoir et la salle, puis vint s'asseoir à côté de moi. Elle me parlait en anglais, je bredouillais les quelques mots que je connaissais. Elle riait beaucoup dans de petits cris étouffés, une main devant sa bouche, l'air un peu gêné de rire avec un étranger.

Je ne sais pas, je ne pense pas d'ailleurs être tombé amoureux d'elle tout de suite. Elle me faisait rire, je la trouvais magnifique, mais tu étais encore bien trop présente pour que j'entretienne une relation « extraconjugale… »

Ce soir-là, nous nous quittâmes devant chez elle, avec un baiser sur la joue qu'elle me glissa en se soulevant sur la pointe des pieds. Ce fut le début d'une grande histoire… Histoire d'Amour, il me semble. Elle semblait correspondre à un idéal, à un rêve. Elle était gracieuse et vive, joyeuse et pleine de vie. Elle était mon opposé, mais lors de nos rencontres hebdomadaires, parfois quotidiennes, elle me redonnait ce goût de vivre que tu m'avais enlevé. Que tu m'avais volé.

L'histoire aurait pu être parfaite, mais bien entendu tout ce qui est parfait n'est pas plaisant à regarder. Nous admirons bien volontiers les défauts et les disgrâces d'une personne, mais nous nous lassons de ses perfections. Perfections qui nous rappellent notre médiocrité.

Alors que notre petite vie se déroulait à merveille, j'avais enfin retrouvé le goût de vivre, l'envie d'aimer. D'aimer cette personne qui me trouvait charmant, drôle et « parfois lubrique ». J'avais beaucoup ri quand elle avait évoqué cette dernière caractéristique. Elle apprenait le français pour « comprendre tout de moi ». Elle s'amusait de tout et était folle de moi. Sa joie de vivre me fut transmise et nous vécûmes heureux durant une assez longue période.

Malheureusement, je vins tout gâcher. J'étais heureux mais un peu trop. Le manque d'inspiration était flagrant, je stagnais et je n'arrivais plus à avancer. J'avais pris quelques kilos, je m'encroûtais dans cette vie qui commençait de moins en moins à me ressembler.

Mon patron me reprit à l'ordre plusieurs fois pour mes retards, mon envie d'être ailleurs, et ma joie de vivre tombait dans une routine sans que je ne puisse rien faire. J'étais partagé entre vivre pleinement cette vie banale en me posant et en lui faisant un enfant,… ou m'évader, parcourir le monde pour fuir ce que je ne pouvais pas concevoir avant sa rencontre.

La décision fut prise contre mon gré. Elle ne m'en laissa pas le choix.

*

Elle s'appelait Kara et était suédoise (avec tous les atouts que cela comporte). Elle avait des jambes interminables et un esprit d'équipe plutôt,… particulier. Nous devions collaborer ensemble pour un projet et nous nous vîmes plus que régulièrement. Je compris tout de suite ses intentions à mon égard et je me laissai charmer par ce corps élancé et ses yeux bleus turquoise. Bien entendu, je me répétais que ce que j'entreprenais avec elle risquait de compromettre mon couple et ma vie actuelle. Mais quand elle vint s'asseoir sur moi, alors que j'étais à califourchon sur mon vieux tabouret en bois devant ma planche à dessins, je crois que seul mon cerveau primaire réagit.

Bien entendu, j'aurais pu ne rien dire et profiter de ces quelques instants volés. C'est d'ailleurs ce que j'ai fait ; j'ai laissé filer, j'ai pris ce que je pouvais prendre, le temps que je pouvais le prendre. Cependant, je fus démasqué, bêtement. Et je perdis tout.

Un soir, alors que je devais rentrer tard « à cause d'une réunion », ma dulcinée eut des doutes. Elle me retrouva au bureau alors que tous mes collègues étaient partis. C'est alors qu'elle me découvrit en très mauvaise posture (enfin pas si mauvaise pour moi dans la minute qui précédait son arrivée). Lui expliquer en tenue d'Adam et dans la langue de Shakespeare qu'elle comptait plus que tout pour moi en était trop. J'avais joué, j'avais perdu et je ne pouvais pas venir pleurnicher à sa porte pour essayer d'obtenir une deuxième chance… Il fallait que j'assume mon erreur car c'en était sûrement une, puisqu'après son départ, je ne trouvais plus aucun intérêt à ma grande suédoise… Elle était fade et sans vie…

Cependant, je savais à quoi m'en tenir en faisant tout cela et rien ne m'avait arrêté. Je n'étais pas épris d'un désir fou pour cette jeune femme. Elle était désirable certes, mais comme toutes ces femmes que l'on peut croiser d'un peu trop près, qui nous laisse une odeur dans le pantalon. Je pense que j'ai été lâche. Lâche de rester avec cette petite asiatique qui m'aimait et que je n'aimais pas autant que ce que je voulais me persuader. Lâche d'avoir couché avec cette suédoise qui me permettait juste de m'échapper et de fuir.

Je pris la claque de plein fouet lorsque je rentrais dans notre appartement quelques heures après avoir écumé les bars de toute la ville. J'étais complètement saoul. Dans le hall d'entrée, toutes mes affaires avaient été minutieusement entreposées dans des sacs poubelle. Des photos de nous déchirées, mes dessins, mes vêtements, mes livres. Toute ma vie en cinq sacs. Complètement désinhibé par la drogue et l'alcool, je tambourinai dans la porte en criant son nom et en pleurant. Je ne pleurais pas ce que je venais de perdre à ce jour, mais ce que j'avais perdu il y avait quelques années. Mon vacarme ameuta les voisins qui m'expliquèrent (dans les quelques bribes que je comprenais) qu'elle était partie et que si je faisais encore du bruit, la police arriverait… Je pris sac après sac et me posai dans une station de métro. Je n'avais pas de voiture, plus d'appartement, mais heureusement, il me restait mon travail et le souvenir de toi. J'aurais pu, ce jour-là, me prendre une chambre d'hôtel. Avec tout l'argent que j'amassais chaque mois, ce n'était pas un problème. Mais je restais terré là, dans mon sous-sol de métro, essuyant les regards noirs et les plaintes des passants déjà levés pour aller bosser…

Durant les quelques semaines qui suivirent cette lourde séparation, je campais au travail, je bossais jour et nuit et mon patron était le plus satisfait de cette faute de parcours. Toute la boîte avait appris mon petit dérapage. Certains en plaisantaient, d'autres me toisaient méchamment. Je les ignorais tous. Après tout, sur l'instant, j'en avais eu envie... Alors, allez-vous faire foutre !

Il fallut néanmoins réapprendre à vivre et malgré les loyers hors de prix et la vétusté des appartements, je réussis à en dégotter un pas trop mal. Alors que j'y étais depuis quelques jours, encore dans les cartons et les pages à dessins, on frappa à la porte. Un homme robuste et barbu apparut dans l'embrasure. Il s'appelait Benoît et nous étions voisins. Il vivait là pour quelques mois avec sa femme Agathe.

*

Les clichés étaient faits. Agathe rayonnait dans sa tunique rouge cintrée, ses cheveux relevés par un crayon et quelques mèches rebelles tombant le long de ses joues un peu rosées par l'alcool et la proximité des corps qui la saluaient autant pour son talent que pour sa beauté. Elle souriait à tout le monde. Elle était juste magnifique. Au-delà des photos de ses toiles, j'aimais prendre en photo l'artiste. Mon ami l'admirait, mais noyait sa jalousie dans les quelques verres de Vodka qu'il s'enfilait en quelques minutes. Toujours, dans ces moments-là, il la regardait passer de bras en bras, de paroles en baisers et de bises en sourires. Il fulminait, rougissait, maugréait, mais ne la lâchait pas des yeux, telle une bête qui évalue sa proie avant de se jeter sur elle. Sauf qu'il n'en faisait jamais rien, et qu'il finissait bourré dans mes bras à dire qu'il était le plus grand cocu du monde. Toujours aussi, dans ces moments-là, je guettais le regard d'Agathe qui me suppliait de le retenir, de le garder à l'écart.

Ce soir-là pourtant, était un peu différent des autres soirées de ce genre. Le parfum du champagne et des petits fours embaumait, mais Benoît n'était pas saoul. Il restait digne en laissant de côté la vodka et en se tenant bien droit dans son smoking de pingouin, dans lequel il avait la classe. Il saluait les gens, leur souriait et admirait les toiles de son épouse.

Je me promenais parmi la foule avec de larges sourires pour amadouer les plus rebelles, mais mon charme n'opérait pas ce soir-là. Toutes ces femmes avaient du style mais surtout, elles étaient accompagnées. C'était donc beaucoup plus difficile pour moi…

Une fois les photos terminées, je me mis à l'écart pour vérifier mon travail. Le nez penché sur mon cadran, je ne sentis pas la présence insistante d'une demoiselle devant moi. J'entendis alors une petite voix fluette s'apparentant à un chant d'oisillon. Je relevais la tête quand j'aperçus alors cette femme, assez jeune, tenant un plateau à la main où trônaient deux coupes de champagne. Elle était jolie, certes…

Pourquoi pas, me dis-je…

Je n'avais pas forcément envie de passer ma soirée seul. Je sentais que le souvenir de toi me hantait davantage à chaque seconde et qu'il fallait que j'assume. Cependant, je ne me sentais pas capable de l'assumer seul ce soir. L'alcool, la mélancolie… Et cette petite serveuse… Franchement, pourquoi pas ?

— Je peux me permettre de vous proposer une coupe ? dit-elle avec un large sourire, mais d'une attitude assez détachée.

— Seulement si vous en buvez une avec moi… Il y en a justement deux sur votre plateau. On pourrait trinquer à votre beauté.

Elle me toisa des pieds à la tête avec un regard d'incompréhension et de mépris. Merde, j'étais allé un peu loin avec mes phrases à la con… J'essayai de rattraper la situation, mais elle me devança.

— Je ne suis pas ici pour m'amuser, mais en service, donc non merci. Désolée de décliner votre invitation qui de toute façon ne m'intéresse pas ! dit-elle d'un ton sec, avec un regard perdu vers ses chaussures à peine vernies, un peu usées au bout.

Puis, elle attrapa son plateau et se tourna sans me laisser le temps de prendre ma coupe. Pourtant, j'en aurais eu vraiment besoin. C'est en regardant s'éloigner ses petites fesses qui se dandinaient dans sa mini-jupe que j'eus envie de la suivre et de la rattraper. Je me mis alors à courir derrière elle. À sa hauteur, je lui attrapai doucement le bras pour ne pas faire tomber son plateau, et lui expliquai que j'étais désolé. Je me confondis en excuses devant elle. Elle pouvait me traiter de tout ce qui lui passait par la tête, mais il ne fallait pas qu'elle m'ignore.

Pourtant, elle m'ignora jusqu'aux cuisines. Je la suivis au-delà. C'est alors qu'elle se retourna vers moi et qu'elle se mit à crier que je n'étais qu'un goujat, rustre, sexiste et impoli, sans aucun savoir vivre. C'était sans doute vrai, et il fallait que je m'excuse. J'étais à la soirée d'Agathe et je n'allais pas laisser cette pimbêche tout faire capoter.

Je lui proposai alors mes services gratuits pour elle, afin de me faire pardonner. Elle me regarda l'air perplexe, puis me prit la carte des mains avant de tourner les talons sans dire un mot.

4

Photoshop

Pour la première fois depuis des mois, Madeleine se réveillait avec le sourire. Son miroir lui renvoyait une jeune trentenaire épanouie. La soirée avait pourtant été différente, incommodée par un homme assoiffé d'alcool et complètement saoul. D'ailleurs, comme à l'accoutumée, Steeve ne tarderait pas à l'appeler pour comprendre et décortiquer chaque détail du problème. Et elle aurait les remontrances habituelles, du genre : « chaque client est précieux, ménagez-le ! »

Tu parles d'un slogan pourri ! Enfin, c'était lui qui me garantissait un frigo un peu moins vide et de la sauce tomate dans les pâtes en fin de mois. En pensant à cela, mon ventre gargouillait de faim et de plaisir, accompagné par mon cœur, qui tambourinait comme après un marathon.

Je traînaillais devant mon miroir, scrutant la moindre parcelle de mon corps. Eh oui ! Il pouvait encore intéresser quelqu'un, ce petit corps sans attache, avec mes deux, trois bourrelets dépassant de mon taille basse. Soudain, la sonnerie de l'interphone me sortit de mes songes. C'était mon amie Laura qui apportait des croissants. Elle me trouva à moitié nue sur le pas de la porte avec un sourire béat et crut au premier abord qu'elle me dérangeait. J'ouvris la porte en grand et elle s'engouffra dans ma petite cuisine. Une kitchenette pour être précise. Elle me regarda l'air amusé sans oser fendre le silence. Je sortis donc la petite carte de la poche de mon imperméable et lui collai sous le nez. J'avais envie de me faire faire un portrait, allez savoir pourquoi. Un beau portrait encadré dans un superbe cadre en acajou.

— Pourquoi acajou ?

Ça, c'était Laura et son air niais qui me demande « *Pourquoi acajou ? Pourquoi ? Pourquoi ?* » Je ne savais pas pourquoi. Dans l'instant, j'avais envie d'acajou. Elle resta perplexe face à mon explication. De toute façon, Laura, biologiste de métier et par passion était toujours perplexe quant aux sentiments qui pouvaient émaner de mon ventre.

— Tu n'as pas autre chose à me demander, plutôt que « pourquoi acajou » ?

— Non, pourquoi ? Tu as envie d'un portrait, pourquoi pas ? dit-elle, en croquant à pleine bouche son croissant.

— J'ai envie de me faire un portrait,… et tu ne trouves pas cela bizarre ?

— Tu sais, toi et tes idées… Le photographe est sexy ?

— Mieux que ça !

— Quoi ? me dit-elle, avant d'entamer son deuxième croissant.

— Il est sexy, et intéressé ! dis-je, l'air triomphant.

— Intéressé ?

— Oui, par moi !

— Il te l'a dit ?

— Oui, et il m'a laissé sa carte…

— Il te l'a dit comme ça ? Genre : Tu me plais, toi ? Et elle pouffa de rire en croquant dans son deuxième croissant.

— Et toi ? Tu n'as pas mangé depuis quand ? dis-je, vexée.

Je lui racontai alors ma soirée…

Il était 18h00 quand j'arrivai à la salle avec Pénélope et Axel qui me collait et qui m'envoyait des petits regards lubriques en coin. Du genre : « Tu te souviens de moi, de ma super performance de l'autre soir ? Et bien bébé, c'est quand tu veux. » Mon moi intérieur avait juste envie de l'attraper, de le coller au mur, et de lui hurler dans les oreilles que je le détestais et qu'un moment de faiblesse dans une vie ne valait en rien un prochain rendez-vous avec lui ! Mon moi extérieur se contenta de l'ignorer et de ne pas répondre à ses sourires. Cela avait le don de le contrarier déjà énormément. Nous installâmes la table, les verres à champagne, les petits fours et la décoration demandée par l'artiste de la soirée. Je m'intéressais de près au monde de la culture, j'aimais l'Art, pourtant je ne la connaissais pas. Ses toiles étaient sombres mais jouaient merveilleusement avec la palette de couleurs. Elles étaient vraiment agréables à regarder.

Quand l'artiste arriva, elle vint se présenter avec un large sourire en nous tendant la main. Habillée d'une tunique rouge, elle était magnifique. Elle était suivie d'un homme aux tempes grisonnantes, assez svelte et élancé, vêtu d'un costume noir.

Derrière eux, il y avait cet homme très grand et très maigre, les cheveux en bataille et une barbe de quelques jours. Il avait un appareil photo à la main. Il me plut de suite. De suite également, je m'aperçus qu'il n'avait pas d'alliance. À cette bonne nouvelle, je ne pus retenir le petit rictus qui s'amorçait au coin de mes lèvres.

À partir de ce moment, j'eus envie de prendre les choses en mains. À peine les invités étaient-ils arrivés que je voguais avec mon plateau chargé de coupes de champagne, essayant de montrer le meilleur de moi-même, distribuant mes plus larges sourires. Je passais et repassais devant son objectif, histoire qu'il capte mes prouesses, mais il semblait très professionnel. Sans me voir, il photographiait l'Artiste, les toiles, les invités qui souriaient, riaient, félicitaient cette jeune femme. Perdu, semblait-il, dans son travail, un brin de mélancolie dans le regard, il discutait parfois avec l'une d'elles, alors, j'essayais de ne jamais être loin. Au cas où… Il prenait des coupes et des coupes sur mon plateau et me renvoyait mes sourires.

Je volais toute la soirée si bien que Pénélope ne me reconnaissait pas. Elle essayait tant bien que mal de me suivre, mais éprouvait beaucoup de difficultés face à mon énergie décuplée. Puis, il s'effaça après avoir discuté un long moment avec celui que j'avais supposé être son ami. Il se mit à l'écart et eut l'air perdu dans ses pensées, une pointe de tristesse dans le regard. Sa coupe était vide et j'eus envie, à plusieurs reprises, de lui proposer un verre. Cependant, Pénélope passa par là et me devança. Elle ne se rendit compte de rien, de mon regard noir à son égard et de ma déception d'avoir laissé passer ma chance. Me promettant de ne pas la laisser passer une seconde fois, tout en veillant à ce que les invités ne manquent de rien, je guettais sa coupe vide en traînant à proximité.

La soirée semblait se dérouler idéalement, je n'avais pris aucune pause mais je n'étais pas fatiguée. Il fallait que je lui parle, qu'il me regarde et qu'il me parle. Ma chance arriva et je lui proposai une coupe de champagne…

— Je ne comprends pas pourquoi tu as réagi ainsi ? me demanda Laura.

— Je voulais attirer son attention. Si j'avais bu une coupe avec lui, j'aurais été la même que toutes ces écervelées qui avaient bavé sur lui toute la soirée. Je n'aurais sans doute pas obtenu une séance gratuite pour un portrait.

— Mouais… Si tu le dis, répliqua mon amie, avec un regard perplexe.

— Tu ne comprends rien aux hommes. Laisse tomber, lui dis-je agacée.

— Ne le prends pas mal. Si tu as envie de le revoir, pourquoi pas.

— Oui, je vais attendre quelques jours et je l'appellerai…

5

Boire ou séduire

Il se réveilla avec un mal de tête qui cognait dans ses tempes. Hugo avait trop bu. Il ne s'était pas donné la peine de se diriger vers sa chambre et avait dormi dans son fauteuil, sans même avoir pris le temps d'ôter son costume. Il s'était effondré sur ce vieux cuir usé et il avait dormi... Longtemps...

Ma pendule indiquait presque midi. Je me levai difficilement afin de me noyer dans une mare de café. J'adorais la senteur, ça me mettait souvent de bonne humeur. Je jetai ma veste de costume sur le canapé. Mes vêtements sentaient l'alcool et la cigarette, je les ôtai dans la foulée.

Je regardai à nouveau les photos de la soirée. J'avais un travail de retouches à effectuer le plus rapidement possible, car Agathe serait comme à son habitude, pressée de les voir, de les admirer, et de les partager sur son blog.

J'étais en plein travail quand la sonnette retentit. C'était Benoît et Agathe. Elle entra en premier en me bousculant. Toute joyeuse et,… pleine de vie, comme à son habitude. Cette dernière déposa un baiser sur ma joue, évalua un instant ma tenue constituée d'un caleçon et d'un tee-shirt et alla se servir une tasse de thé.

— Je peux ? demanda-t-elle, en attrapant la bouilloire.

— Fais comme chez toi, lui répondis-je, d'un air évocateur.

Mon ami, plus calme, avait encore les cernes sous les yeux et entrait seulement dans la pièce. Je lui servis un café noir, sans sucre, comme il aimait. J'expliquai à Agathe que j'étais justement en train de retravailler les photos afin qu'elles soient prêtes rapidement. Leurs yeux se croisèrent et, dans un regard entendu, ils pouffèrent de rire. Je ne comprenais pas leur soudaine complicité et j'avais sans doute un air hébété, puisqu'Agathe prit la parole en premier.

— C'est pour retoucher les photos, ou essayer de capter la petite serveuse ?

— La petite serveuse ? Je ne vois pas du tout de quoi tu parles, dis-je, vraiment surpris.

— Arrête ! À nous, tu ne nous la fais pas. Tu étais toujours près d'elle, à essayer de la photographier. D'ailleurs, tu as pris quelques photos de moi ou pas du tout ? dit-elle en pouffant de rire.

— Je ne vois pas de qui tu parles, vraiment, dis-je le plus sincère du monde.

— Attends, tu ne te souviens pas avoir fait la cour à la serveuse, alors qu'elle t'apportait une coupe de champagne ?

Je tombais des nues… Je ne me souvenais ni de cette jeune femme, ni de mon côté *gros lourd* à son égard. Certes, j'avais balancé quelques cartes de visite à deux, trois anorexiques, mais pour moi, cela s'arrêtait là. Quand Benoît me raconta *ma course poursuite* derrière elle pour m'excuser de lui avoir manqué de respect, je restai prostré sur mon canapé.

— Rien, je ne me souviens de rien. Ni de ma conversation, ni de son visage. Pas même de son odeur. Elle est inexistante dans ma mémoire.

— Regarde les photos, à mon avis, elle sera plus d'une fois derrière ton objectif, me dit Benoît.

J'attrapai mon ordinateur pour visionner les photos et mettre un visage sur ce fantôme. Je découvris alors une petite femme souriante et rondelette en arrière-plan sur la plupart des photos. Alors que j'avais commencé à recadrer et à jouer sur les lumières par faire peu à peu disparaître cette personne, j'ignorais totalement que nous nous étions entretenus lors de cette soirée. Mes amis me racontèrent aussi que je l'avais suivie jusque dans les cuisines, lui suppliant d'accepter une invitation pour une séance photo. J'étais consterné et décidai de ne plus boire avant longtemps.

Je souhaitais tout simplement ne pas avoir laissé espérer cette pauvre jeune femme inutilement. Elle n'était pas mon genre et en plus, je n'étais certainement pas prêt à revivre une histoire d'amour en ce moment.

J'étais revenu depuis peu par ici, et savoir que tu étais peut-être près de moi me réjouissait à chaque instant. Bien entendu, je ne te traquerais pas mais je me promènerais volontiers aux endroits où tu aimais aller lorsque nous étions tous ensemble.

Un repas improvisé sur le coin d'une table fut l'occasion de franches rigolades avec mes amis. Ils étaient beaux et heureux et je les enviais souvent. Je repensais fréquemment à nos moments d'amitié et vous me manquiez tous.

Quand ils furent partis, j'eus la tête ailleurs. Plus envie de bosser, besoin de m'aérer… Je me demandai alors si Bertrand tenait toujours sa petite librairie… J'enfilai un manteau et allai errer sur les pavés de ma grande ville. Le vent me fouettait le visage, cela me faisait un bien fou. Je marchais sur les traces d'une vie passée, d'un fantôme qui me hantait, qui n'avait jamais cessé de me rappeler que nous n'avions que rarement une seconde chance dans cette vie.

Arrivé devant l'enseigne, je constatai que la librairie existait toujours. Depuis tous ces mois et mon retour dans ce monde, je n'avais encore jamais osé me poser toutes ces questions sur mon passé. Et aujourd'hui, j'étais face à cette large porte, à deux doigts de tout faire basculer et m'immiscer à nouveau dans cette vie que tu m'avais demandé de quitter il y a quelques années.

J'entrai ; la petite cloche retentit. Je ne vis personne pour m'accueillir. J'avançai doucement à travers les rayons de livres entassés, où seul Bertrand pouvait se retrouver. L'odeur restait la même, un mélange de poussière et d'encre fraîche. J'attrapai un livre et le feuilletai car les illustrations me plaisaient.

Perdu dans mes livres et dans mes pensées, faisant tout pour ne pas être remarqué et repartir de manière inaperçue, je m'enfouis dans un petit coin, le nez dans un livre de sciences. Je feuilletai les pages et m'aperçus que seules les illustrations avaient grâce à mes yeux. Tel un enfant, je ne lisais rien.

Je reposai le livre et en pris un deuxième, qui parlait, lui, d'astronomie. Les photos étaient magnifiques et je m'efforçais de me calmer en les observant. Soudain, une voix se fit entendre derrière moi.

— Puis-je vous aider ?

Je reconnus tout de suite la voix de mon ami et après un léger moment d'hésitation, je me retournai avec un large sourire. Il me regarda alors prostré. La vue d'un fantôme ne l'aurait pas figé de la sorte.

— Hugo ? Qu'est-ce que tu fais là ?

6

Quand on ouvre les yeux, il vaut mieux les refermer…

Son petit bonhomme descendait tranquillement les escaliers, carnassière à la main traînant derrière lui. Les cheveux en pétard, vêtu d'un petit pyjama bleu, il bâillait en s'installant devant son bol de céréales. Lui demandant gentiment de s'activer, Mathilde l'embrassa tendrement sur la joue pour lui rappeler combien elle l'aimait.

Bien entendu, il ne se dépêcha pas et ce fut la course pour l'école. Douchés, et les dents brossées, nous sautâmes dans la voiture pour défier, un matin encore, le cadran de l'horloge.

— Je t'en prie, lève-toi plus vite le matin. Ça fait deux jours qu'on arrive en retard à l'école.

— Mais, je suis fatigué, moi ! répondit-il, en bâillant une fois encore.

Je regardais mon petit bonhomme dans le rétroviseur, il était ma fierté. Je souriais l'air béat quand un klaxon me sortit de mes songes.

— Maman, tu as encore oublié le feu vert ! dit ma petite frimousse avec un air réprobateur.

— J'oublie toujours le feu quand je te regarde. Et je lui fis un clin d'œil qui le fit sourire.

— Maman, c'est aujourd'hui que papa rentre ?

— Oui, mon cœur. C'est ce soir, mais tu seras couché.

— Je pourrai aller me coucher plus tard, pour le voir ?

— On verra !

— Je pourrai, si te plaît !

— On verra, je viens de te le dire !

Une petite tête toute renfrognée m'apparut alors dans le rétroviseur. Ses yeux étaient plissés et sa petite bouille ressortait. J'eus, bien entendu, envie de rire mais je n'en fis rien.

— Si tu es sage, tu pourras rester.

Je le couvris de bisous à l'entrée de sa classe puis m'envolai pour rejoindre la mienne.

Elliot était parti depuis quinze jours. Certes, durant ces quinze jours j'avais eu ses appels quotidiens, mais c'était pour parler de la pluie et du beau temps. Le genre de conversation que l'on peut tenir avec tout le monde. Il s'assurait que je ne manquais de rien, que le petit allait bien, que les amis passaient pour me voir et nulle autre chose n'émanait de sa voix et de son cœur.

Il avait commencé les déplacements peu après la naissance de Raphaël, une petite année pour être précise. Notre couple allait à vau-l'eau à cette période et il eut, je pense, envie de fuir. Régulièrement, il nous quittait pour des durées toujours plus longues, me laissant seule, face à mes vieux fantômes. Il avait sans aucun doute des liaisons durant ces périodes d'absence. Ce comportement aurait sans nul doute provoqué chez moi d'effroyables crises à l'époque. Mais aujourd'hui, une partie de mon cœur battait pour mon fils, et l'autre était éteinte depuis des années.

C'est ainsi que je gérais seule le quotidien de la maison et mon trésor qui ne cessait de grandir. Devant lui, nous jouions à la famille sans savoir ni l'un, ni l'autre où cela nous mènerait. On laissait le temps au temps ; peut-être que, pour une fois, il ferait bien les choses.

Ce soir-là, les amis venaient à la maison. J'étais heureuse de ne pas me retrouver seule avec Elliot et quand Édouard avait proposé de nous retrouver autour d'un verre, j'avais accepté sans hésitation. Elliot émettait quelques réserves à débarquer en soirée au beau milieu de la foule mais peu m'importait. Il me laissait suffisamment seule à longueur d'années ; je pouvais aussi décider de temps en temps !

La journée se passa sans turbulence à l'école. J'étais heureuse de récupérer Raphaël. Il fallait encore faire les courses pour ce soir, ce qui n'était pas chose aisée avec le petit monstre qui me servait de fils. J'avais beau lui répéter des dizaines de fois de ne pas courir dans les rayons, je le perdais toujours plusieurs fois dans les magasins. Cependant, ce soir-là fut différent. Il marchait à côté de moi et écoutait ce que je lui demandais. Il m'aida même à poser les courses sur le tapis et à tout remettre dans le caddie. Son père lui manquait, c'était indéniable…

Je m'activais à préparer l'apéritif dînatoire et le repas du petit, quand on sonna à la porte. Raphaël se précipita pour aller ouvrir, pensant à son papa. Il découvrit Bertrand et Joël qui arrivaient en avance d'une bonne heure. Il ne fut pas mécontent de les voir, car comme à leur habitude, ils le couvrirent de cadeaux. Ils vinrent s'installer dans la cuisine et commencèrent à m'aider. Alors que nous parlions de tout et de rien, de nos vies qui passent, de leur projet de mariage, de cette grande cérémonie prévue, Bertrand me dit :

— Tu ne devineras jamais qui est revenu en ville !

— Je ne sais pas ?

— Hugo !

Je laissai tomber mon couteau par terre, tant la stupéfaction était grande. Je restai un moment sans parler à regarder mon ami avec insistance pour qu'il me raconte cette rencontre dans les moindres détails. Sans doute devant mon regard niais, il enchaîna et me raconta ce moment.

— En fin d'après-midi, alors que j'étais dans mes papiers de livraison et que Joël faisait du tri à l'étage, j'entendis la petite cloche de la librairie retentir. J'allais donc me rapprocher du comptoir, quand je vis un homme enfoui dans un livre d'Astronomie plus grand que lui. Je me dis alors : *Un érudit, nous allons pouvoir discuter.* Il se retourna après quelques secondes d'hésitation et je reconnus Hugo. Ses traits n'avaient pas trop changé, bien qu'il me parût amaigri tout de même. Il avait laissé pousser sa barbe. Le temps avait passé et l'avait marqué depuis ces cinq années. J'avais mille questions à lui poser ; je laissai donc la librairie à Joël pour l'emmener au Drugstore boire un verre.

Ce ne fut pas sans conséquence pour moi, car Joël le prit pour un amant éconduit et me fit la tête un long moment. C'est pour dire, il n'avait pas reconnu Hugo.

Au café, je le sentis mal à l'aise. Ses jambes bougeaient sans cesse et il regardait tout le temps autour de lui. Je crus un moment qu'il avait fait une grosse connerie et qu'il allait m'embarquer dans une histoire démentielle. Rien de tout cela. Son projet au japon s'était terminé, il y avait de ça, une petite année. Il était revenu s'installer dans un loft en location à deux pas du vieux centre. Il vivait en ce moment de la photographie, sa deuxième passion, et avait monté une petite boîte. Il avait rencontré là-bas un couple de Français, originaire de Lille également. Ils ne s'étaient plus quittés. Il vivait chichement de ses activités, mais avait amassé suffisamment d'argent pour se poser quelques années avant de reprendre un projet sérieux. Il semblait heureux, bien que beaucoup de mélancolie émanait de son regard. Il me demanda des nouvelles de tout le monde, et je fus étonné qu'il n'en ait plus eu de toi. Hugo était quand même ton ami de longue date, vous étiez inséparables et bêtement vous vous êtes perdus de vue lors de son voyage. Il n'a pas émis l'hypothèse de te revoir et semblait vraiment étonné, voire touché, quand il apprit l'existence du petit Raphaël. Qu'est-ce qu'il s'est passé, Mathilde ?

— Il ne m’a pas oubliée ?

— Pourquoi ? Il aurait dû ?

— Non. Enfin j’espérais que non. Il ne m’a jamais dit qu’il partirait aussi longtemps. Bien sûr, après son départ, j’ai cherché à le contacter mais en vain. Son portable m’indiquait un autre destinataire et il n’avait aucune adresse ici ou en métropole. J’ai beaucoup pensé à lui toutes ces années, à cette amitié réduite au néant. Mais je me suis résolue à ne plus penser à lui pour le bien de tous.

— Pour ton bien ?

— Celui d’Elliot et de Raphaël.

— Et Elliot, il pense à ton bien quand il part des semaines complètes loin de toi et du petit ?

— Ne te mêle pas de cela, je t’en prie.

— Pourtant, je ne serais pas le premier à me mêler de ce qui ne me regarde pas.

— Et regarde où ça a mené à l’époque…

— Toujours est-il qu’il m’a donné son adresse. Est-ce une manière détournée de te la donner, de te recontacter, je l’ignore, mais si tu la veux…

— Non ! Je ne veux rien. Je me suis battue tant d’années avec mes vieux fantômes pour essayer de l’oublier. Maintenant que je suis heureuse, je ne veux pas à nouveau retomber dans quelque chose qui me dépasse.

— Heureuse ?

— En tout cas, pas malheureuse…

Raphaël arriva dans la cuisine et commença à rôder près du frigidaire.

— C’est qui, Hugo, maman ?

— Un vieil ami.

— Il est vieux ?

— Non, ça fait longtemps que je le connais, c’est tout.

— D’avant papa ?

— Oui, bien avant.

— C’est ton amoureux, maintenant ?

Cette réflexion émanant de la bouche de mon fils me fit mal à l’endroit où battait encore de temps en temps, un muscle fatigué d’espérer.

— Raphaël, tu en dis des bêtises ! Mon amoureux, c’est papa… et toi !

Déjà occupé à ouvrir la porte du frigidaire pour y piquer du fromage, Raphaël n’avait pas pris la peine d’écouter ma réponse.

— Même ton gamin est plus perspicace que toi ! Il voit mieux que personne ce que sa propre mère devrait voir en elle !

— Arrête tout de suite ! Ne dis pas des choses comme ça ! Je suis mariée et j’aime mon mari ! C’est un enfant qui devrait s’occuper des histoires d’enfants et non d’adultes.

— A-t-il vraiment le choix ?

— Pourquoi tu dis ça ?

— Je ne doute pas que tu le préserves, mais combien de fois entend-il sa mère pleurer de solitude ? Il est beaucoup plus avancé et malin que ce que tu veux bien te persuader.

— Je ne pleure jamais devant lui.

— Mais combien de fois en arrière, quand tu es seule ?

— [...]

— Mathilde, je suis ton ami, j'essaie de t'aider.

— En me mettant dans les bras d'un autre ? Merci l'amitié !

— Non, en t'ouvrant les yeux. Tu ne peux pas continuer cette vie.

— Je sais... On verra. Laissons le temps au temps.

Les amis arrivèrent les uns après les autres. Bien que contrariée et emplie d'un sentiment nouveau qui, peu à peu, m'envahissait l'être, je les accueillis sourire aux lèvres. Comme à mon habitude, je fis mine que tout allait bien.

Quand Elliot arriva, la soirée était déjà bien entamée et Raphaël qui l'avait attendu, était tombé de sommeil. Il embrassa, un par un, nos amis puis vint déposer un léger baiser sur mon front, sans un regard, sans un mot tendre, sans passion. Je ne montrai rien, mais je me sentis mal à cet instant. Était-ce cela la petite mort ? Le fait de ne plus rien avoir en commun avec une personne que l'on a aimée ? Que l'on aime encore ? Était-ce cela la souffrance ? L'ignorance de sa moitié ?

Je sentis les larmes brouiller mon visage, alors j'attrapai un deuxième verre de vin blanc et trinquai avec Édouard qui était assis à côté de moi. Bien évidemment, Claire vit d'un sale œil ce verre de vin que mon ami cognait au mien. Mais peu importe, à cet instant, j'avais envie d'oublier. D'oublier ma vie, d'oublier mon lit.

Une fois le repas terminé, Édouard me suivit dans la cuisine prétextant de débarrasser la table. Du coin de la porte, il me fixait d'un regard presque gênant. Après un moment, il fendit le silence.

— Que se passe-t-il avec Elliot ?

— Je ne sais pas.

— Vous vous êtes disputés ?

— Franchement, j'aurais sans doute préféré. Il n'y a rien de pire que l'indifférence.

— Je ne comprends pas, vous étiez si fusionnels…

Mon ami avait dit cela avec tant de regrets dans la voix, que j'eus envie de m'excuser de lui faire autant de peine. Il ne comprenait pas la déliquescence des sentiments. Alors certes, j'étais face à un ami qui s'inquiétait pour nous, mais au-delà de cela, je sentais bien qu'il y avait autre chose. Je comprenais les sous-entendus, les doubles sens, et j'entendais sa crainte de se retrouver un jour dans le même espace temporel avec sa femme. Certes, elle était pénible, maniaque et rigide, mais il l'aimait et l'idée de pouvoir la perdre le faisait frissonner. L'idée de n'être plus rien l'un pour l'autre, d'être des étrangers, le faisait suffoquer, s'éteindre doucement. La petite mort… Rien n'était pire que de voir, sans le vouloir, sans le savoir, sans pouvoir faire face, en toute impuissance, en toute décadence, s'éloigner la fragrance du couple. Les habitudes qui nous lient, les certitudes qui nous unissent, la routine qui nous rassure, les mots doux qui nous bercent, les caresses qui nous réchauffent. Du jour au lendemain, plus rien. Plus un regard, plus un sourire, plus une parole. Juste des échanges froids et distants sur la vie quotidienne. Juste des visions de la vie qui se brouillent et s'embrouillent. Juste des idées qui se mêlent et s'emmêlent.

Comment faire face ? Dans les contes pour enfants, nous a-t-on appris à souffrir ? Nous a-t-on donné les clefs pour rester dignes quand le prince se barre ? Quand le prince nous ignore ? Non, bien évidemment ! On nous a bercés d'illusions, de rêves et de mensonges.

Seule dans cette cuisine, je m'octroyais pour la première fois le droit de pleurer. Édouard n'était pas loin. Édouard n'était jamais loin. Il me serrait contre lui à m'en briser les os, juste pour me dire avec des gestes à lui, « Tu sais, je suis là », « Eh oh, reprends-toi ! ». Comme à son habitude, comme depuis vingt ans, il était là. Le jour de ma première chute de vélo, il était là. Le jour de mon premier rancard, il était là. Le jour de mon premier chagrin d'amour, il était là. Le jour de ma première beuverie, il était là. Le jour de ma rencontre avec Hugo, il était là. Il était là, s'immisçant dans un rôle qui ne lui appartenait pas, s'immisçant dans un rôle qui élevait de sa prestance, de son charisme. Celui du grand frère protecteur.

Mes larmes avaient coulé un bon moment et son étreinte s'était faite plus forte à chaque sanglot émis. Je me rendis compte à cet instant que j'étais malheureuse. J'en connaissais la cause, mais je n'avais aucun moyen, aucune recette miracle, pour y faire face. Sa chemise bleue claire était trempée de larmes. Il sourit face à cette situation. Je savais à quoi il pensait. Il n'avait pas besoin de parler pour tout me raconter, j'entendais ses mots et je souris à mon tour… *Claire…*

Le soir, recroquevillée sur mon côté du lit pour être sûre de ne pas croiser, ne pas déranger *ma moitié*, je vis un petit objet posé, oublié, sous la commode. Je me levai sans un bruit, afin d'attraper ce minuscule petit bout de vie. *Une pistache.*

Les souvenirs se bousculèrent alors dans mon cerveau comme une foule devant l'ouverture d'un musée. Des choses qui nous traversent l'esprit quand on est adulte et que la vie a décidé de n'en faire qu'à sa tête. Je repensai à mon enfance. Aux anecdotes qui nous font vivre et avancer.

J'étais à cet instant sur les bancs de l'école pour mon dernier jour de CM2, mon dernier jour de primaire. La fenêtre était ouverte et la chaleur envahissait la classe. Les promesses d'un été réussi commençaient à nous titiller la peau de ses rayons tendres et chauds. À l'époque, j'étais éprise d'un petit bonhomme brun, au teint un peu hâlé. Il était beau, gentil et nous étions très proches. Proches, au point de nous cacher dans les buissons pour échanger nos premiers baisers, proches pour penser à cet âge-là que ça pourrait être de l'amour éternel. Sauf que, dans mon souvenir, nous avions dix ans et que nous passions les dernières heures de notre vie ensemble. Nous ne voulions pas nous lâcher la main pour ce dernier jour.

Alors que les rituels étaient aux jeux et à la bonne humeur, nous ressentions tous une ambiance assez pesante. Une ambiance faite de peur et d'appréhension. Pour la plupart, nous quittions nos amis pour aller dans des collèges différents. Nous quittions nos vies installées ainsi depuis des années. Nous avions peur de nous retrouver *petits* alors qu'ici, nous étions *les plus grands*. Nous posions beaucoup de questions à notre maîtresse qui laissait son livre pour nous répondre du mieux qu'elle le pouvait, un sourire au coin des lèvres, attendrie de voir autant d'appréhension émaner des enfants.

Avec ce petit ami - qui doit avoir bien changé aujourd'hui - nous n'avions pas envie de nous quitter. Alors on se tenait la main, la serrant un peu plus fort quand une larme apparaissait sur le visage de l'autre. Bien sûr, on s'était fait la promesse de rester en contact, de s'écrire et de penser l'un à l'autre. Mais est-ce réellement sérieux de penser l'un à l'autre et pour toujours à dix ans ? La vie sépare. Elle nous met face à des obstacles que nous ne pouvons nous résoudre à accepter. Et ce jour-là, en mangeant des pistaches dans cette petite classe bleutée, nous nous fîmes quand même cette promesse, les yeux plein d'espoir et de certitude. J'attrapai une coquille de pistache et je la lançai par la fenêtre. Mon ami m'avait rejoint sans comprendre mon geste.

— Si elle arrive dans ton jardin, si la brise la fait voler jusque chez toi, nous resterons ensemble.

L'idée l'amusa et il en fit autant. Seulement nos coquilles s'envolèrent dans la petite ruelle qui bordait l'école. Le vent n'alla pas les déposer dans un nid douillet au sein de nos jardins. Au bout de quelques essais, il prit un crayon et écrivit dans deux coquilles. Il m'en tendit une et garda l'autre. Il s'était amusé à écrire *pour toujours.*

La journée se termina dans de gros sanglots, puis les vacances passèrent et la première journée de collège arriva. J'avais une petite pistache dans la poche pour ne pas oublier, mais je n'eus plus jamais de ses nouvelles. Ni à cet instant, ni jamais. Les promesses s'étaient envolées et les quelques regrets aussi.

Pour toujours. C'était bien l'inscription qui était écrite dans la pistache que je tenais dans la main. Assise au bord de mon lit, je repensais à ce petit bout de vie. Par un souvenir agréable qui me fit rappeler que rien n'est figé, que tout est possible, je sentis un semblant d'étreinte réconfortante me bercer.

Je me rallongeai près de mon *pseudo mari*, et je vins me coller à sa peau. Il dormait (je pense) profondément, il ne sourcilla pas, ne me repoussa pas.

7

Pourquoi pas.

Il avait reçu l'appel d'un numéro inconnu et il avait tout de suite pensé à elle. Hugo avait décroché, la voix fébrile et pleine d'appréhension. Il fut surpris de ne pas reconnaître Mathilde au bout de cette communication.

Bien évidemment, ce n'était pas toi. Tu n'étais pas du genre à appeler pour annoncer ton arrivée, je le savais, mais j'espérais.

Une certaine Madeleine était en ligne. Je ne connaissais pas cette créature, mais sa voix ne me laissa pas indifférent. Elle était paisible et douce et son flot de parole me berçait lentement, comme emporté dans une mélodie.

Les souvenirs en cascade silencieuse, je ne me souvenais plus d'elle. Elle m'affirmait pourtant la réalité de notre rencontre, et également du *petit extra photos* que je lui avais proposé. Soudain, mes idées refirent surface ! La serveuse ! J'étais à mille lieux de me rappeler cette personne. Elle n'avait pas laissé une trace indélébile dans ma mémoire. Elle voulait son portrait. *Pour le donner à son petit ami ? Pour l'offrir à ses parents ? Pour l'accrocher dans son entrée ?* Je ne me souvenais plus exactement des traits de son visage. *Brune ? Châtain, peut être*. Par contre, sur les photos, son petit cul, lui, ne m'avait pas laissé indifférent. Soyons honnête.

Je lui proposai une séance cet après-midi, je n'avais personne en contrat en ce moment, ni dans mon lit. Peut-être serait-il possible d'allier les deux ? Va savoir ! Je me préparai hâtivement, car mon réveil m'avait encore joué des tours et à près d'une heure de l'après-midi, je traînais encore en sarouel, torse nu. J'eus un léger sourire en me disant que je pouvais peut-être l'accueillir ainsi. Elle ne serait pas déçue du déplacement. *Deux extras pour rien, ma jolie !* Ma barbe de quelques jours était parfaite. Je choisis donc une tenue décontractée dans ma garde-robe : jean et tee-shirt. J'hésitai : pieds nus ou nus pieds ? J'optai pour les pieds nus. Je préparai un petit café afin de lui proposer une tasse, quand la sonnette retentit. C'était Madeleine…

Jeune, elle paraissait très jeune. Moins que mes gamines de vingt ans, c'est vrai, mais elle était plus jeune que moi de… cinq, sept, huit ans ? Pendant que je l'observais en essayant en vain de lui donner un âge, je vis ses joues s'empourprer. Je ne l'avais pas fait entrer et la pauvre était soumise à mon regard d'homme dans le jugement. Je me repris tout de suite quand je vis la couleur sur ses joues. *Quel con !* pensai-je.

Elle était vêtue d'un jean Levis qui, soyons honnête, lui moulait le postérieur à merveille. Je ne me lassai pas de le regarder en la suivant dans mon appartement. Un petit débardeur rouge venait agrémenter le tout. Elle était brune, très brune. Comment avais-je pu l'oublier ? Des cheveux qui tombaient sur les épaules un peu bouclés. Elle était belle. Elle avait des yeux pétillants, pleins de vie. Elle releva ses cheveux de ses mains et, dans une cambrure, se tourna vers moi avec un sourire radieux. Je ne sais pas si c'est à ce moment-là que je suis tombé amoureux d'elle. Mon cœur, par peur de souffrir, me cacha longuement la vérité sur ses sentiments et se replia doucement, par peur que je ne l'entende cogner un peu plus fort dans ma poitrine à la vue de ce petit bout de femme.

— Très bel appartement ! me dit-elle, toujours dans un sourire.

Je bredouillai un « oui » étouffé, conscient de m'être fait prendre en train de la lorgner comme un loukoum dans une pâtisserie. Elle ne me dévisagea pas, l'air proscrite, mais au contraire me lança un petit sourire. Ce sourire laissait entrevoir deux petites fossettes sur le coin de sa bouche. Je me surpris alors à avoir envie de l'embrasser. Je lui rendis un petit sourire gêné, seul complice de mes pensées peu catholiques, presque érotiques, à cet instant.

Il fallait pourtant être professionnel, elle ne devait pas être le genre de fille à se perdre dans les draps d'un inconnu, à la première occasion. Dommage…

Elle prit place dans la petite pièce aménagée qui me servait de studio. Les quelques clichés furent rapides, efficaces, rien de compliqué, rien de transcendant non plus. Mais elle souriait chaleureusement et ses yeux de couleur verte pétillaient.

Une fois les clichés terminés, elle se promena dans la pièce et s'arrêta devant mon immense bibliothèque, dans laquelle trônaient quelques livres éparpillés çà et là. Elle en choisit un : le nu. Elle le feuilleta en souriant. Sous ses traits doux, son visage était enfantin, mais très sensuel.

Tout en retravaillant les photos que j'avais transférées sur mon ordinateur, je ne pouvais m'empêcher de contempler cette silhouette cambrée. Mes yeux divaguaient au-dessus de l'ordinateur et renvoyaient à mon esprit des idées lubriques et malsaines. Ils allaient et venaient de mon écran à cette jeune femme bandante, à la fragrance fleurie qui embaumait mon espace. J'avais beaucoup de mal à me concentrer, je n'arrivais pas à lâcher son corps de mon regard d'homme. Étais-je attiré par cette femme parce que ma vie ne m'offrait rien de mieux, tel un palliatif pour calmer les envies ? Je la regardais davantage et tout ce qu'elle m'offrait à contempler attirait mon regard, m'attirait tout court.

Je me demandais si elle ne jouait pas un peu de son corps de danseuse en courbes. Elle savait le manier et le mettre en valeur. Elle devait le connaître par cœur et savoir exactement quelle position prendre, quel regard me lancer pour que je tombe à ses pieds. C'est vrai qu'elle était jolie, cette trentenaire à l'aube de sa vie. À cet instant, j'aurais tout prétexté pour rester collé à ses pieds, quelques instants, quelques minutes, quelques heures. Et l'idée qui me vint me fit tressaillir ; même quelques mois, j'aurais aimé l'emmener.

Pourtant, au premier abord, elle n'était pas pour moi et puis il y avait encore et toujours toi. Tu hantais mes pensées et tu m'empêchais d'avancer. Je t'en voulais souvent de tant t'aimer. Mais tu n'y pouvais rien, tu m'avais sans doute oublié.

Toi, avec ce petit bout de papier chiffonné, tu m'avais maudit à tout jamais. Comment pouvais-je te refuser quelque chose ? Tu savais pertinemment que j'ignorais tout quand il s'agissait de toi.

Mon regard avait dû s'assombrir, car elle me regardait avec insistance, l'air un peu perdu. Ses lèvres étaient légèrement entrouvertes et j'avais à cet instant envie d'aspirer son souffle et tout ce qui pouvait émaner d'elle. Je me levai pour m'approcher, histoire de la coller et l'air de rien la renifler. Sentir son odeur de fleurs me permettrait sans doute de faire passer cette idée et de toi me détourner, quelques instants, quelques heures. Tu n'allais pas m'en vouloir de vivre, même si tu savais te montrer jalouse quand il s'agissait de nous. Notre frontière de sentiments était si fine et nous voguions toujours entre l'amour et l'amitié.

Elle me sourit et une petite rangée de dents se dessina derrière de belles lèvres rosées. Je ne tenais plus, il fallait que je la touche, que je caresse sa peau. Un prétexte, il me fallait un prétexte pour avancer vers elle et la toucher. *Le livre... Le nu... Pourquoi pas ?...*

Je n'avais pas juste envie de la mettre dans mon lit, celle-ci. Elle était différente. Enfin, tout du moins, je ressentais des choses différentes à son égard. Peut-être était-elle banale, mais mon cœur battait davantage pour elle que pour celles qui étaient passées dans mon lit froid, dénuées d'intérêts, autre que sexuels.

Sa présence me rassurait et me réchauffait pour la première fois depuis toi. Je ne connaissais rien d'elle, si ce n'était son prénom, *Madeleine.* Un joli prénom d'une autre époque. Elle n'était pas d'une autre époque. Elle était bien présente dans mon époque, dans ma tête et dans mon *studio*.

Je m'approchai d'elle. Elle se tourna vers moi avec un sourire radieux dont elle seule avait le secret. J'étais troublé. Il me fallait une phrase, mais devant ce corps de femme, j'étais muet.

— Le nu… Vous en faites souvent ?

— J'ai eu quelques demandes. Cela vous intéresserait ?

— Je ne pense pas être prête à me mettre nue devant un objectif.

— Vous croyez ?

J'avais bien envie de lui dire « dommage », mais elle y aurait vu une avance maladroite. Je ne voulais pas paraître ce genre d'homme. En tout cas, pas devant elle. Je voulais de *la tendresse bordel* pour cette princesse. Pour ma princesse ?

— Vous avez un très joli visage, agréable à photographier.

À la seconde, je regrettai ma phrase. Quand les sentiments s'en mêlaient, je ne savais plus du tout comment m'exprimer. Elle me regarda en coin. J'ignorais, à ce moment-là, ce qu'elle pouvait penser de moi, mais ma proximité me donnait envie de m'approcher davantage d'elle. Juste un peu plus, le temps d'un baiser. Je n'en fis rien, bien évidemment, mais je pus sentir son parfum titiller mes narines. Elle collait son corps chaud sur mon bras. *Comment appréhender ces gestes ? Ressentait-elle également du désir pour moi ?*

Je sentais sa poitrine toucher mon avant-bras et j'avais de plus en plus envie de l'allonger sur mon matelas. Mais naturellement, je n'en fis rien non plus. Ce qui m'interpella. Effectivement, avec une autre femme, j'aurais déjà passé ma main le long de son cou, pour la faire revenir doucement sur ses seins. Je lui aurais embrassé la nuque pour la faire basculer dans mon antre et l'étreindre en passant ma main dans son jean ou sous sa jupe. Mais à cet instant, j'étais paralysé. Elle devait me prendre pour une personne peu ambitieuse ou complètement désintéressée. Alors je lui proposai un verre. Qu'elle accepta.

C'est ainsi que nous nous retrouvâmes dans un petit café place de la treille face à l'église, *le parvis de la treille.* Le temps était froid mais sec, et le soleil nous offrait quelques rayons qui ne nous réchauffaient pas. Je la regardai ôter son manteau comme un enfant et je me surpris à rester debout à observer ses courbes.

Comme tout homme galant, je lui laissai la banquette et la vue sur la salle et me contentai de la chaise. Elle choisit un chocolat et j'appris à cet instant qu'elle ne buvait jamais de café. Je choisis la même chose, moi non plus, je n'avais plus envie d'aimer cette substance trop amère.

Elle me parla de sa vie, de ses études, de ses amours et de son travail qui nous avait permis de nous rencontrer. Je l'écoutais d'une oreille attentive, car j'aimais sa voix douce. Cependant, mes yeux se perdaient sur son visage et dans son léger décolleté. Sa poitrine était belle et j'aimais y plonger de temps à autre.

Puis, vint un silence gênant qui se glissa entre nous. Elle me regardait, les yeux pétillants, presque pleins d'espoir, et je sentis mes pommettes rougir sous son insistance. Nos regards se croisaient de temps à autre et je rougissais davantage à chaque fois. C'est vrai qu'elle était jolie. Elle était belle même. Je n'avais pas envie que cet instant s'arrête. Je voulais qu'il reste gravé ainsi, pour l'éternité. Mais ça n'arriva pas, comme beaucoup de choses de ce genre. Le temps nous rattrape toujours. Même quand on a l'impression de vivre pleinement, la mort est toujours très proche de nous, elle ne nous quitte pas.

Malheureusement, après quelques heures à discuter de sujets graves et légers, à se raconter nos vies, il fallut se quitter. Nous étions là, devant le café, frigorifiés par le vent qui se levait et nous piquait les joues. Je la regardai sous son bonnet et ses petits yeux rieurs me firent encore plus craquer à l'idée de la laisser.

Je l'aurais bien ramenée chez moi, mais elle devait aller travailler et j'en étais vraiment attristé. Je ne soufflais mot, mes pieds étaient ancrés dans le sol et ne bougeaient pas. Elle se mit sur la pointe des pieds pour me donner un baiser sur la joue dans un sourire pétillant. Je ne retins pas mes mains qui allèrent toutes seules se glisser sur sa cambrure pour la caresser. Je l'amenai doucement vers moi et glissai ma tête dans son bonnet. Je reniflai son odeur, un mélange corporel et de parfum qui envoûtait mes narines. Elle leva doucement sa tête et son regard d'enfant et de femme me guida tout seul vers ses lèvres. J'y déposai un baiser. Elles étaient douces et froides, mais la chaleur qui émanait de son corps me réchauffait. À cet instant, la proximité d'amants nous fit rire comme deux adolescents. J'avais en quelques secondes franchi la ligne qui me faisait dire qu'elle était mienne. Pour combien de temps ? Je l'ignorais, mais je l'aimais davantage après ce baiser.

Je pris son numéro et me promis intérieurement de l'appeler dans la soirée, histoire de me rassurer sur l'épisode vécu dans l'après-midi.

Avions-nous bien vécu la même histoire ?

Le bon choix

Elle n'avait pas arrêté de penser à lui pendant ces quelques jours et Laura, son amie, n'en pouvait plus de l'entendre tergiverser avec son numéro sous les yeux. Elle lui fit promettre de mettre fin à ce supplice avant le week-end. Le calendrier indiquait déjà vendredi, Madeleine n'avait plus trop le choix.

Je me lançai. Le numéro composé, j'entendis les sonneries retentir dans mes oreilles au même rythme que mon cœur qui battait la chamade à l'idée d'entendre sa voix. Il décrocha assez rapidement, ce qui m'empêcha de peaufiner mon accroche, répétée des dizaines de fois dans ma tête. Ça commençait mal ; Ou il avait bu, ou il ne se souvenait vraiment plus de moi, car le blanc à l'autre bout du téléphone ne me fit rien présager de bon. Cependant, après quelques minutes, je le sentis plus détendu, il avait recouvré ses esprits. Il me proposa de passer dans la journée. Devant ma mine ensoleillée, Laura se douta de sa réponse positive et me glissa un « alors heureuse ? » en pouffant de rire, comme une idiote.

J'allai directement m'atteler à choisir « le » vêtement approprié qui irait particulièrement avec mes formes et mes courbes. Je me dirigeai d'abord vers une petite robe noire « la classique », habillée, branchée mais effectivement un peu trop habillée pour des photos d'identité.... J'essayai alors une autre robe, plus fluide, assez courte avec un très léger décolleté, mais… *Trop léger.*

Autant me servir de mes atouts féminins. Je cherchais avec frénésie la tenue qui le ferait succomber à mes courbes, quand je tombai sur mon jean Levis. Mon bon vieux Levis qui en avait essuyé, des banquettes de café. Il était un allié fidèle et, en contemplant mon postérieur dans le miroir qui me renvoyait mon image, j'optai pour cette solution. Il ne me restait plus qu'à choisir un petit haut, et ce dernier arriva à moi comme une évidence. Un petit débardeur rouge qui moulait mon corps et laissait entrevoir ma cambrure comme il le fallait.

En descendant les escaliers, Laura se moqua de moi. Effectivement, cette tenue un peu dénudée n'était pas appropriée à la saison. « J'allais mourir de froid. » Elle me conseilla de me vêtir de bas et d'une robe en laine, complètement craquante selon elle. Oui enfin, je n'étais pas du genre à mettre des robes en laine. Un petit gilet par-dessus ferait très bien l'affaire !

J'empoignai mes clefs de voiture et suivis mon GPS jusqu'à une grande grille. Sur ma petite carte était inscrit son nom de famille. Je sonnai donc à l'interphone, cette fois-ci sans réfléchir. Il me répondit aussitôt. *Il a hâte,* pensai-je. Cela me réjouissait.

Je le découvris, pieds nus, dans l'encoignure de la porte. Ma première réaction fut d'exploser comme un pichet par terre en mouillant toutes les personnes autour. En l'occurrence lui et moi. Et oui, nous étions enfin en tête à tête.

Il me laissa entrer et je découvris un appartement magnifique, rangé avec soin. Était-il maniaque ? Au-delà de ses pieds nus, il avait une barbe de quelques jours comme lors de notre rencontre. Il me faisait littéralement craquer, vêtu de son petit tee-shirt cintré. J'essayais tant bien que mal de dissimuler mon attirance pour lui. J'observais son univers quand je sentis le poids de son regard sur mes fesses moulées à merveille dans ce bout de tissu. Bingo ! J'avais réussi, il avait vraiment regardé. Je lui lançai un sourire radieux, sans même m'apercevoir que je répondais à son avance. Après tout, nous n'avions qu'une vie.

Il m'installa dans une petite pièce sur le côté qui tenait lieu de studio. En quelques secondes, les clichés étaient pris, mais le voir ainsi travailler et se concentrer me donnait envie de m'abandonner à lui. Je n'en fis rien bien évidemment. Il me proposa de faire les quelques retouches de couleurs aussitôt afin de me remettre les photos le jour-même. Pendant ce temps-là, je devais m'occuper, alors je regardai les quelques livres de sa bibliothèque qui étaient plutôt là en décoration que pour des lecteurs assidus. Tous sur les mêmes sujets, photos et dessins, croquis en tout genre. Je fis semblant de m'intéresser vivement à cette bibliothèque en me penchant de manière peu catholique. *Remettons une petite couche au cas où tu aurais oublié mon magnifique postérieur.*

J'en choisis un au hasard, le nu. *Pourquoi pas ? Pensera-t-il que je lui fais des avances ? Est-ce que cela me dérange vraiment ?*

Il s'approcha alors de moi, je sentais son corps chaud et son souffle dans mon cou. Il me faisait craquer, alors je lui renvoyai un sourire radieux (encore une fois). Mon plus beau, celui que je maîtrisais, qui faisait craquer, qui faisait ramper. Ça avait l'air de marcher. Il m'avait regardée, l'air un peu gêné. Je le voyais réfléchir, tourner en rond, avant de s'approcher un peu plus.

Allez, je vais t'aider. Je brisais ainsi le silence et je le sentis soulagé. Il bredouilla quelques mots mais je le sentais toujours mal à l'aise. Il cherchait ses phrases, regardait ses pieds et évitait de croiser mon regard. Il me répondait à demi-voix.

Puis contre toute attente, il me proposa un verre. Bien évidemment, j'acceptai. À vrai dire, je n'attendais que cela.

Il m'emmena dans un petit café tout à fait charmant, d'une autre époque, où l'on pouvait apercevoir quelques murs en briques apparentes. Il me laissa la banquette et la vue sur le café, ce qui le rendit à mes yeux, encore plus charmant. En plus d'être sexy, il était galant. Un homme à marier ?

Nous nous racontâmes nos vies, je l'écoutais, même si mes yeux se perdaient parfois sur ses lèvres que j'avais terriblement envie d'embrasser. Puis, vint mon tour de condenser ma vie en quelques phrases, de choisir mes mots, les anecdotes qui pourraient le faire rester, lui donner envie de poursuivre.

Quand on regarde ces premiers instants, on se dit que l'avenir est devant nous et que rien ne peut ternir ce petit bout de sable blanc. Nous sommes, à ces instants, comme tous les couples qui se rencontrent et qui s'aiment dès le premier ou le deuxième regard, sûrs que cette histoire qui va débuter sera unique et éternelle.

Malheureusement, la vie n'est pas un conte de fées et on oublie trop souvent de le dire aux petites filles qui se prennent pour des princesses, on ne le répète pas assez aux petits garçons qui, en grandissant, oublient d'être des princes. Tout ternit, tout se salit et on a beau vivre sans cesse la même histoire, savoir au fond de nous que rien ne durera, que c'est un leurre, une ineptie, rien n'y fait. Nous n'entendons pas à cet instant la petite alarme qui se tue à hurler : *Stop au bonheur. Fuis ! Cours très loin de lui sans te retourner !* Et pire, en plus de faire semblant de ne pas l'entendre, on plonge tête baissée dans les bras de ce dernier qui nous énonce des faits basiques, des épisodes d'une vie banale qui nous paraissent, à cet instant, extraordinaires !

Et c'est ainsi que je me laissai embrasser devant ce café avec mon bonnet et mon jean Levis pour l'occasion, et qu'une histoire que je croyais grande et hors du temps débuta.

8

La genèse

Raphaël était chez des amis pour la nuit. Elliot, comme à son habitude, était perdu dans un déplacement aussi futile qu'inintéressant, et Mathilde était seule chez elle à rêvasser à ce qu'aurait pu être sa vie, si elle avait effectué d'autres choix. Bien évidemment, elle aurait voulu que tout se déroule de la même façon puisqu'elle avait eu le plus merveilleux des enfants... Mais son soupir en disait long sur son état d'esprit à cet instant...

Si c'était à refaire, je... Je ne sais pas ce que je ferais au fond. Je me serais rendue plus présente pour eux, je les aurais aidés davantage. Peut-être me serais-je orientée vers autre chose ? Allez savoir.

J'étais allongée dans mon fauteuil, la pluie tombait sur l'immense fenêtre de plafond que nous avions installée pour apporter un peu de lumière à cette pièce sombre. *Un vrai coup de cœur* à l'époque…

Il avait bien fallu se reconstruire ailleurs, et cette maison m'offrait quelques perspectives. Seulement, aujourd'hui j'étais seule et je pensais à eux, à mon enfance, mes projets, mes aspirations…

Quand je regardais l'étendue de ma vie qui défilait, j'étais bien loin de ces rêves d'enfant. Avoir une grande famille, habiter une immense maison avec un grand jardin, voyager sans cesse, sans se retourner… Être aimée,… Je ne savais même plus si tel était le cas aujourd'hui avec mon mari qui était reparti de plus belle après notre discussion. Il avait fui comme à son habitude, construire une autre vie ailleurs. Quelque chose de vivant, sans nostalgie, sans peine et sans aucun remord.

Pour la première fois depuis cinq ans, j'avais envie de fumer. Fumer pour oublier. J'avais fait une promesse, des promesses… Je n'avais plus le droit. J'enfouis profondément la tête dans mon oreiller et fermai les yeux pour entendre la pluie tomber. Avant, cela m'endormait. Avant,…

Je sentis alors un petit bout de papier au fond de ma poche. Je le sortis. Une adresse était griffonnée dessus. Celle d'Hugo. Une attention d'Édouard lors de notre dernière soirée.

Et si je le dérangeais ?... Et s'il n'avait plus envie de me voir ?...

Après tout, je n'avais rien à perdre. J'attrapai mon imperméable, un parapluie et m'installai au volant de ma petite voiture. Il n'habitait pas très loin de chez moi. Après un quart d'heure, j'étais arrivée. Je découvris une grande grille fermée avec plusieurs sonnettes. Un instant d'hésitation, puis je laissai de côté les remords et appuyai sur le bouton de d'interphone qui portait son nom. Une voix me répondit après quelques secondes. Cette voix que je connaissais par cœur. Un peu cassée, un peu rauque, toujours fatiguée... J'eus un instant de recul puis je lâchai comme ça, juste pour voir... *C'est Mathilde.* Et là, ce fut le silence. Plus rien pendant quelques secondes qui me parurent des heures. J'avais peur d'être allée trop loin mais maintenant que j'étais là, il fallait que j'assume. J'entendis le bruit de l'interphone et la porte s'ouvrit. Une petite cour pavée s'offrit à moi avec quelques fleurs en fin de vie dans de beaux pots colorés. Des tables, chaises et lampes garnissaient cet endroit chaleureux. Au bout de la cour, une grande verrière et un homme un peu maigre qui m'attendait au coin de la porte. Je me dirigeai vers lui avec beaucoup d'appréhension et un cœur qui n'en finissait plus de taper dans ma poitrine.

Je n'osais rien dire, j'étais figée sous la pluie devant lui. Il n'avait pas trop changé. Le temps avait laissé quelques traces sur son visage amaigri. Sa barbe avait quelques jours alors qu'à l'époque, il la rasait toujours. Il me souriait avec des yeux clairs pétillants et moi je restais figée comme une idiote sous la pluie.

— Si tu as froid, tu peux aussi entrer, me dit-il dans un sourire moqueur.

Et là, je reconnus mon Hugo. Il était resté le même durant toutes ces années.

J'étais heureuse de découvrir un intérieur magnifique, décoré avec goût dans un style loft. Je restai sur le paillasson ne sachant que dire, quoi faire.

J'étais pétrifiée. Cinq années durant lesquelles j'avais pensé à lui, j'avais essayé de l'oublier… Et aujourd'hui, il était là, devant moi.

— Tu ne m'as pas oubliée alors ?

— Apparemment,… Non.

Je vins m'asseoir dans son fauteuil confortable. Il me proposa un verre de vin blanc que j'acceptai volontiers. J'avais besoin d'un petit remontant. Nous étions silencieux comme de vieux amis qui ne s'étaient pas quittés et qui, de toutes ces années, n'avaient rien de plus à raconter, mais comme à mon habitude, je fendis le silence.

— Qu'est-ce que tu deviens ? Tu es toujours illustrateur ? Je ne vois pas de planches de dessins et de livres qui traînent, dis-je amusée.

Il vint s'asseoir à côté de moi et me tendit mon verre, on trinqua, sans se l'avouer, à nos retrouvailles.

— Je suis photographe. J'avais envie de découvrir autre chose alors, il y a une petite année, je me suis lancé là-dedans. Ça marche bien, mais c'est juste une parenthèse ; je n'avais plus assez d'inspiration après toutes ces années au Japon. J'ai été un peu dégoûté par ce travail d'aliéné J'ai eu besoin de changer d'air. Et toi ?

— Moi ?… Je suis maman. Sinon rien de super ne m'est arrivé depuis.

— J'ai appris, oui,… d'Elliot ?

Je pouffai.

— Oui, quand même…

— Non je ne sais pas, je pensais ne plus te revoir. Alors, aujourd'hui, que tu sois là dans mon salon… Je me demandais si tu étais toujours mariée.

— Oui, toujours, mais la vie a ses hauts et ses bas.

— Qu'est-ce qui s'est passé après mon départ ?

— C'est une longue histoire, tu sais…

— Vous avez vendu la maison ? Bertrand m'a appris ça l'autre jour. Pour quelles raisons ?

— Tu leur as donné des idées, je pense, à nous fuir. Ils sont tous partis les uns après les autres. D'abord toi, puis Édouard, Jean…

— Je ne vous ai pas fuis…

— Ah bon ?

— J'ai eu une opportunité, je ne pouvais pas la refuser, j'ai fait de grands projets, intéressants, bien payés…

— Blablabla… C'est vrai que l'argent a toujours été ton moteur !

— Et toi, tu as toujours été sarcastique…

— Je rêve, ou ça fait dix minutes qu'on s'est retrouvés, et on se dispute déjà ?

Il me sourit.

— Je ne t'ai pas fuie. Elliot a voulu que je mette des distances entre nous après ton hospitalisation.

— Pourquoi ?

— Je ne sais pas.

— Et toi,… tu t'es laissé faire ?

— C'est ton mari… Et je me sentais coupable de ton état.

— Donc, tu m'as fuie ?

— Oui.

— Il met également des distances entre lui et moi aujourd'hui.

— Pourquoi ?

— Je ne sais pas.

Je lui racontai alors les absences répétées de mon mari, ses rendez-vous, ses réunions…

Hugo m'écoutait silencieusement, puis se leva pour mettre un peu de musique, et me resservit un verre de vin. Jefferson Airplane jouait un petit air enjolivé par Grace Slick et nos verres étaient remplis. Cependant, je n'eus pas envie à cet instant de m'attarder sur le sort de « mon couple ».

Je me sentais seule et j'avais froid dans cet immense plain-pied. Hugo, comme à son habitude, attentif et galant, me vit frémir et alluma le poêle à granulés qui trônait fièrement au milieu de la pièce. En quelques minutes, l'alcool aidant, je rattrapai des couleurs. Je me lançai alors dans un long monologue afin de lui expliquer comment nous en étions arrivés là.

Tous, chacun de notre côté, avec des vies bien rangées… Bien « épanouies »…

Il m'écoutait sans rien dire, en fixant le feu qui réchauffait l'atmosphère. Me replonger dans cette partie ne fut pas le meilleur moment de cette soirée. Je revivais chaque détail, chaque changement, chaque émotion, chaque douleur. L'alcool aidant encore une fois, je ne pus retenir mes larmes. Mais mon ami était là. Je lui demandai alors de me raconter l'environnement dans lequel il avait vécu ces dernières années. Je voulais tout savoir, même si cela devait nous prendre une partie de la nuit. Il ne s'épancha pas sur la question. Il resta très vague sur les relations qu'il avait pu entreprendre avec les quelques déesses rencontrées sur place. Par pudeur ou par crainte… Je l'ignorais. Par contre, il me détailla ses fonctions, ses créations et son travail de plus en plus envahissant.

— Tu as aimé depuis ? lui demandais-je alors d'une toute petite voix, un peu éméchée.

— Je ne sais pas si on peut parler d'amour… Je me suis senti bien à plusieurs reprises avec plusieurs personnes, mais…

— Mais quoi ?

— Mais pas davantage, pas assez pour construire quelque chose… Et toi ?

— Oui…

Un après-midi d'été alors que je m'installais fièrement avec Claire à la terrasse d'un café pour prendre un peu de soleil et de repos loin des enfants, je me sentis épiée. Je tournais les yeux en direction du parc qui nous faisait face et je ne vis pas l'ombre d'une personne. Nous prenions le soleil tout en nous racontant nos histoires de mamans. Ce n'est pas qu'elle était devenue ma meilleure amie, mais parfois s'adresser à autre personne que son enfant ou son homme, cela faisait un bien fou. Je me sentais, dans ces moments, un peu moins incomprise.

Nous connaissions bien le serveur à qui on laissait volontiers un pourboire de temps à autre, lors de nos petites escapades. Mais ce jour-là, nous fûmes surprises de découvrir un jeune homme, un peu endimanché nous servir nos cafés noirs. Il était d'une beauté sans égale et d'un très jeune âge aussi. J'aurais dit, la vingtaine tout au plus. Je fus emportée d'un seul regard par ses yeux bleus turquoise et son teint halé de métisse. Sa chevelure bouclée et indisciplinée ajoutait un côté encore plus juvénile. Je n'arrivais pas à détourner mon regard de son visage enfantin, si bien que ses pommettes se mirent à rougir. C'est ainsi que tout commença. Il me glissa un numéro griffonné sur un papier que je fis mine d'oublier pendant plusieurs semaines.

Puis, un soir de solitude, alors que Raphaël était chez son copain pour la nuit, je composai le numéro de ce très jeune homme dont j'ignorais encore le nom. Il décrocha quasi instantanément et je fus embarrassée de ne savoir quoi dire. Il me donna rendez-vous le soir même dans un café de la grande ville où nous bûmes du rhum sans en avoir envie. Nous parlâmes à peine, il me dévorait du regard et je ne faisais pas mieux. Tout chez lui inspirait le désir. Et ce fut quand il m'emmena dans son appartement que je succombai pour la première fois à son corps.

Rien de glamour pourtant. Un véritable « appart' de mec »… Je fis abstraction des dizaines de cadavres de bière qui traînaient par terre. Je réussis avec un peu plus d'alcool, même si c'était de la bière de mauvaise qualité, à boire pour oublier ce que j'étais en train de faire.

Un vieux poster de Pulp Fiction trônait au-dessus de son lit. Pourquoi ? Je n'en savais rien.

Comme je ne savais rien de sa vie mais, sur l'instant, je m'en fichais.

Alors qu'Elliot était sans doute perdu, lui aussi, dans les draps d'un hôtel ou d'un appartement d'étudiante, je m'abandonnai totalement à ce bel inconnu, dont j'avais appris le prénom quelques heures auparavant…

— Il s'appelait comment ? me demanda Hugo.

— C'est tout ce que tu as à me poser comme question ?

— Oui, je ne vois rien d'autre pour l'instant, si ce n'est son jeune âge…

— Il s'appelait Marceau et avait vingt-deux ans.

— Ça a duré longtemps ?

— Le temps d'un été…

— […]

Nous nous vîmes régulièrement. Dès qu'on le pouvait. Le midi, le soir. J'avais l'impression de me déposséder, de me briser, de m'aimer, de me détester… chaque fois davantage. Parallèlement, j'éprouvais la sensation de m'éteindre à petits feux. Cette relation me redonnait le sourire sur l'instant, la certitude que je pouvais encore plaire malgré mon âge et mon enfant. Je savais également qu'elle ne durerait pas, elle n'était pas faite pour cela ; je prenais ce qu'il y avait à prendre : de l'alcool et du plaisir. Néanmoins, vécue dans les draps sales d'hôtels plus ou moins médiocres, elle me plongeait aussi dans un total dégoût de mon corps.

Rentrant chez moi le soir ou le matin, encore ivre d'alcool et de manque de sommeil, je me regardais dans la glace. Mon reflet me renvoyait une personne malheureuse, sans vie, cernée et blanche.

Je prenais mon plus beau sourire afin de me leurrer sur cette vie « magnifique ». Mais j'étais lucide sur l'impasse dans laquelle je me trouvais. Mon image ne prenait même pas la peine de me répondre. Je ne m'attendais à rien.

Je savais que cette histoire allait cesser. On ne peut pas vivre une seconde jeunesse quand on a trente cinq ans… J'étais jeune, certes, mais bien trop vieille pour espérer de lui autre chose qu'un simple coup de reins. Il le savait très bien, mais n'abordait jamais le sujet. D'ailleurs moi non plus, je n'avais pas envie de penser à l'avenir. Pour la première fois, depuis des années, je m'accordais la possibilité de vivre le moment présent, et non dans mes souvenirs embués par les larmes. Je n'étais pas jeune, je n'étais pas belle ni épanouie. Mon teint était terne et reflétait la couleur de mon âme. J'avais envie de crier, hurler, pleurer mais je n'en faisais rien. Je me contentais de jouir, gémir, sourire. Je me libérais petit à petit de ces souvenirs à chaque rapport, à chaque caresse et pendant ces longues minutes, ces journées ou ces nuits, je m'éloignais de cette femme perdue dans la nostalgie qu'elle avait vu naître depuis quelques années.

— Pourquoi vous avez arrêté votre relation, si vous vous épanouissiez tous les deux ?

— Il a rencontré une fille de son âge et je l'ai laissé partir à la fin de l'été…

— Ça n'a pas été trop difficile de reprendre ta routine ?

Il n'était pas venu au dernier rendez-vous que nous nous étions fixés à la mi-août.

Nous avions passé une semaine de vacances « en famille » dans le sud de la France dans un magnifique hôtel proche de la mer, pour le petit. À notre retour, à peine les valises posées dans l'entrée, Elliot était reparti en déplacement et je dois avouer que cette semaine de vacances « en famille », à faire semblant que nous étions unis, m'avait usée plus qu'autre chose. Les quelques discussions sur la pluie et du beau temps que j'avais pu entretenir avec mon mari me rappelaient alors combien il avait changé. Il n'y avait plus d'étincelles et encore moins de flamme entre nous. Nous étions vides et scotchés à nos portables respectifs, souriant devant un Raphaël qui n'était pas dupe, mais qui avait, lui aussi, appris à faire semblant.

Pauvre gosse… Si jeune et déjà confronté aux méandres de la vie…

J'étais donc là, sous un ciel qui menaçait de pleurer, avec un imper et une petite, très petite jupe, à attendre *Le* Marceau qui ne venait pas, quand, mon portable se mit à sonner. C'était lui. Il m'annonçait son retard un peu gêné. Son silence au téléphone en disait long. Je ne lui en voulais pas. Je pense que je compris immédiatement le pourquoi de l'appel et que j'aurais pu raccrocher à cette même seconde mais je n'en fis rien. Je le laissais nager dans sa gêne. Juste par provocation, juste pour le mettre un peu plus mal à l'aise. Il m'expliqua alors qu'il avait rencontré quelqu'un de bien et qu'il voulait cesser notre relation. Sans un mot de plus, sans rien ajouter. Il attendait ma réaction, je ne répondis pas sur l'instant puis mon souffle réussit à sortir un « Très bien » à peine audible. L'arrogance de son jeune âge l'autorisait a ne pas se sentir obligé d'ajouter quoique ce soit. Il me souhaita une bonne continuation et raccrocha. À ce même moment, la pluie se mit à tomber à l'image de mes yeux noyés par des vagues un peu salées.

— La suite, je pense que tu peux la deviner…

— Tu es seule depuis ce moment ?

— Oui…

— Mais tu étais seule aussi, avec lui.

— Les moments passés avec lui me faisaient du bien. Ils me faisaient oublier à quel point la vie pouvait être terne et maussade. Je n'en ai jamais parlé à personne.

Hugo se leva et changea de CD. La douce voix de Neil Young me fit sourire.

— Tu aimes toujours ? me demanda-t-il dans un sourire entendu

— Toujours…

— Et toi ? Qu'est-ce que tu as à me raconter que tu n'aies jamais dit à personne ?

— Rien, je crois… Je t'ai tout dit, à toi.

— Tu es sûr ? Je suis certaine que tu me mens !

— Non. Ma vie a été difficile ces dernières années, puis heureuse... Quelques moments de joie, dans un chaos sans nom.

Devant le regard interrogatif de Mathilde, Hugo lui raconta l'histoire de Bao, de Kara et lui avoua cette envie de la demander en mariage, puis ce besoin dans l'immédiat de la laisser tomber. De la faire souffrir. D'enlever ces chaînes qui commençaient à lui faire mal aux poignets. Ce besoin d'abandon, d'être seul et malheureux. Il lui souffla à demi-mots ce manque que son absence lui avait procuré et ces délires, cette crainte d'avancer loin d'elle. Mathilde n'avait pas lâché sa main. Elle le serrait sans le regarder. À cet instant, elle ne voulait pas croiser son regard, par peur de retrouver une autre personne. Une personne qu'elle ne connaissait pas, grandie par des sentiments différents à son égard. Elle vint se blottir contre lui, comme avant. Rien n'avait changé entre eux malgré toutes ces années et ces vies qui s'égrainaient. Ses courts cheveux blonds lui chatouillaient le menton et l'étreinte d'Hugo se fit plus forte quand son nez plongea dans son odeur. Mathilde est revenue comme s'entêtait si bien à chanter Brel. Seulement, allait-elle lui jouer le même sort ? Allait-elle emplir son corps et son cœur d'espoir pour finalement l'oublier dès que son mari lui rouvrirait les bras ? Ou alors allait-elle se laisser surprendre à l'aimer ? Allaient-ils fonder quelque chose de solide ensemble ? Hugo allait-il arrêter ses déboires sentimentaux et sexuels ?

Mathilde allait-elle être la personne qui l'aiderait à se ranger ? Hugo l'ignorait. Il ignorait tout à cet instant. Il ne voulait être à aucun autre endroit, avec aucune autre personne. Plus il se disait qu'il avait toujours aimé ce petit bout de femme, - amour fraternel ou amour véritable - , plus il se voyait dans l'obligation de la serrer. De l'étouffer de cet amour si dur à porter, si dur à donner, si dur à avouer. Ils ne faisaient rien de mal à se serrer comme des enfants en plein milieu de la nuit. Rien de mal... Ils s'endormirent saoulés de mauvais souvenirs, de bons moments, d'alcool et de chaleur.

Le soleil pointait son nez sur la verrière, leurs membres étaient engourdis d'avoir dormi, enlacés l'un contre l'autre. Hugo sentit la légère respiration de Mathilde s'accélérer, alors il comprit qu'elle était en train de se réveiller. Il s'octroya le droit de bouger et de la bouger par la même occasion. Ses paupières étaient gonflées d'avoir trop pleuré, mais elle lui sourit sans retenue. Elle s'étira et il retrouva alors cette adolescente de dix-sept ans qui avait partagé son lit des centaines de fois. Elle n'avait pas trop changé, peut-être un peu vieilli. Sa bouille ronde à la sortie de l'adolescence avait laissé place à un visage pâle creusé par le temps et les soucis. Son absence avait été une épreuve pour elle, lui avait-elle susurré hier soir. Et pour lui... Elle ne s'imaginait pas à quel point il avait pu mourir de douleur et de solitude. Mourir de ne pas serrer son petit corps frêle contre le sien tous les jours, mourir de pas avoir vu son minois s'illuminer devant son regard qui l'admirait un peu plus à chaque instant. Bien évidemment, il l'aimait vraiment, terriblement, mais il ne pouvait pas se résoudre à vivre une histoire d'amour avec elle.

Hugo avait peur que tout se soit gâché, que tout se brise à jamais. Que la routine s'empare de leur vie et l'envoie au plus loin dans un vide, dans un trou noir. Que le quotidien les désunisse, les déchire et les réduise en miettes. Et puis, il y avait Madeleine, cette jeune serveuse qu'il avait rencontrée la semaine dernière. Cette séance photos et ce verre ne l'avaient pas laissé indifférent. Il n'avait rien à perdre avec elle qui l'attirait mentalement et physiquement.

Cependant Mathilde était revenue et personne ne l'égalait, personne n'égalait sa Mathilde.

9

A la recherche d'un Divin peu divin

Quand elle sortit de chez Hugo, ses propos l'avaient troublée, voire oppressée. Ils connaissaient tout d'eux, tout l'un de l'autre, tout de leur mental, de leurs corps, de leurs esprits. Mathilde savait quand il était capable de s'énerver, le pourquoi de ses agacements, son stress mal géré, sa toux mal soignée, ce qui le révoltait, ce qui l'amusait, ce qu'il ignorait, ce qu'il savourait et qui il avait vraiment aimé. Il n'était plus un secret, ni une découverte, mais plutôt un renouvellement, un soutien, une main.

À chaque fois que j'avais succombé aux larmes, il avait été présent. À chaque fois que j'avais eu un sourire à partager, c'était avec lui.

L'ambiguïté de nos sentiments énervait certains, en faisait parler d'autres, mais notre « pseudo couple » ne laissait jamais indifférent. Quand nous étions au lycée, notre style était assez décalé, nous nous ressemblions beaucoup. Nous avions la même folie, la même passion et les mêmes goûts vestimentaires. Lui classe, dans ses petits jeans très moulants qui lui faisaient toujours, soyons honnêtes, un postérieur qui ne laissait pas les jeunes écervelées de marbre. Se retournant, scrutant, admirant, puis rougissant à l'idée de…

Ces pauvres gamines, un peu mélancoliques, capricieuses et très exigeantes, ne l'intéressaient pas. Il sortait, désirait, admirait, couchait généralement avec des filles discrètes, d'une froideur sans égal, aux yeux vifs.

Il était attiré par les regards, les yeux noirs, ceux qui tâchent, avec qui on se fâche. Ceux qui résistent, qui ne se laissent pas faire, avec qui ça dégénère. Ceux qui ne voient pas les mêmes choses, ceux d'un autre ordre. Ceux qui ont souffert, mais qui n'abandonnent pas et qui trouvent un coin de vie, parfois de survie, dans chaque regard qu'ils s'obstinent à donner.

Il aimait ces filles avec des histoires aux yeux noirs. Celles qui préfèrent enjoliver, sans parader, sans jamais dire la vérité. Le mensonge dans leur bouche n'est pas plus sombre que cette sordide vérité que d'autres s'obstinent à dévoiler, pour blesser, pour être honnête, pour se sentir un peu plus bête.

Je me souviens à cet instant, et je ne sais pour quelle raison je pense à elle, à cette « fausse rebelle », comme il se plaisait à l'appeler. Nous devions être en juin car le soleil se levait tôt et sublimait le ciel de ses plus beaux rayons. Nous étions assis sur un banc dans la cour à regarder le temps qui passe aux reflets de tous ces presque étudiants qui emplissaient la cour. Et elle était arrivée, cette jeune fille presque femme, aux cheveux noirs très courts. Elle croisa le regard d'Hugo qui resta un moment sans bouger, sans parler devant ses yeux d'une noirceur profonde. Puis elle détourna son minois, alors qu'il ne pouvait la lâcher.

Sur mon banc, j'admirais la scène en plaisantant. Mon ami avait-il un coup de foudre ? Elle continua de traverser la cour pour rejoindre le bâtiment opposé, celui des CPE. Nous ne la connaissions pas, nous apprîmes plus tard qu'elle s'appelait Cassandre.

Après ce regard échangé, cette presque rencontre, mon ami me parlait sans cesse d'elle. Elle était dans ses pensées, dans son corps et dans sa tête. Alors qu'il me contait, à moi, son amie depuis quelques années, les bienfaits de leur possible idylle, il se refusait d'aller lui parler car il était de ceux qui aimaient rêver quand il aimait, de ceux qui ne voulaient pas voir la vérité des couples sans vie, sans souffle et sans amour.

Un jour, pourtant, alors qu'il ne s'y attendait pas, il tomba nez à nez avec elle. Elle lui sourit légèrement, presque absente de ses lèvres qui se levaient doucement. Il craqua et lui parla. Une discussion bête que l'on peut avoir quand on ne sait pas quoi dire, quand tout est nouveau, quand tout est encore beau, quand les mains et les propos n'ont pas sali les espoirs et les regards noirs. Quand tout peut encore s'apprécier, que rien n'est joué. Quand on a encore envie d'avancer et de faire rêver.

Cette idylle qui semblait bien partie pour laisser des traces, des marques et des souvenirs joyeux, cessa du jour au lendemain.

Un jour mon ami arriva au lycée seul, les yeux rivés sur ses chaussures. Il me prit par la main et m'avoua que tout était fini. Je ne comprenais pas, je voulais savoir pourquoi. Seulement, lui n'était pas un grand bavard. Il n'aimait pas exposer, rabâcher, décortiquer, imaginer les sentiments qui auraient pu naître et mourir plus tard. Il se contenta de me dire à cet instant : « C'est une fausse rebelle ». Sur le moment, je ne compris pas ses propos. Plus tard, allongée dans un fauteuil, immergée dans un *DM de maths* auquel je ne comprenais rien, je tentai à nouveau une explication. Il me raconta, toujours en gardant une certaine réserve, que ses yeux noirs n'étaient pas vraiment noirs, que son discours n'était pas intéressant et que son côté « rebelle » ne lui correspondait pas. « C'était une fausse rebelle ». Elle n'avait rien vécu, rien appris de ses erreurs. Elle n'avait pas souffert, elle n'était pas si jolie sans ces cicatrices qui construisent une vie. Il ne lui en voulait pas, elle n'en pouvait rien, cette petite fille de bonne famille qui aurait voulu naître ailleurs, car son lit ne correspondait pas à ses envies. Mais les envies de mon ami étaient alors devenues vaines.

Je marchais sur les trottoirs de cette grande ville et toute cette foule, ces visages me rappelaient à quel point j'errais sans but. J'étais seule, vide et fade autant qu'eux qui ne prenaient pas la peine de regarder le ciel et ses couleurs majestueuses en cette fin d'automne. Même le soleil fatigué par un été trop chaud, qui s'évertuait à nous éclairer de sa plus belle lumière, était laissé pour compte. Cette lumière nous réchauffait et nous portait dans ces moments froids, voire glacials, que le début de l'hiver pas encore entamé s'amusait délibérément à nous communiquer sans pudeur, sans retenue.

Je marchais sans but, loin de moi, loin de mon corps qui n'en pouvait plus de porter un poids mort, sans la plus petite lueur de vie. Les trottoirs défilaient sous mes yeux et je me sentais un peu comme ces chewing-gum collés, décolorés qui sont amenés à s'effacer, à s'estomper, à disparaître avec le temps.

Mes pas m'avaient portée jusque la place de la treille. Quelques téméraires étaient encore installés à la terrasse des troquets, buvant des cafés, tentant de se réchauffer. Une lueur d'espoir brillait dans leurs yeux. Comme-si la vie les avait épargnés.

Ne vous inquiétez pas, votre tour viendra ! Elle n'épargne personne des soucis qu'elle parsème çà et là...

J'observais ce petit parc qui semblait se dérober derrière cette immense église. La façade de celle-ci était particulière. Je grimpai les marches, comme happée par une force que je ne connaissais pas. Étais-je en train d'user mes dernières ressources ?

L'intérieur de cette église était majestueux. Il y régnait un silence de mort, et seules quelques personnes semblaient prier un Dieu que je ne voyais pas.

Était-ce Toi, là-bas sur une croix qui allait me tirer de mes soucis, de mes ennuis, de ma vie, afin de m'emmener vers d'autres contrées, vers d'autres paysages plus doux et plus sages ?

Assis sur des petites chaises, l'air béat ou contrarié, ces gens m'inspiraient une grande admiration. Je n'avais jamais réussi à croire en quelque chose ou en quelqu'un. À chaque fois que j'avais eu la chance de m'entourer de personnes qui m'aimaient, j'avais été obligée de fuir pour ne pas subir. De fuir, pour mieux exister. Étais-je condamnée à vivre toute seule avec pour unique contact les quelques prières que je renverrais à un Dieu qui se cache ? Elles avaient l'air sereines, ces personnes assises qui priaient ou contemplaient. Il faudrait peut-être que je m'y mette ? Que je balaie mon passé pour voir mon présent, pour voir Raphaël qui était en train de grandir comme un arbre à qui l'on donne de l'eau, du soleil et de la terre noire.

Cependant, mon passé était toujours présent et m'appelait comme une force toujours plus puissante, toujours plus attirante. Certes, l'inconnu avait quelque chose d'attrayant puisque j'ignorais de quoi il était fait. Néanmoins, j'aimais me blottir dans les bribes de mon passé éparpillées en lambeaux aux quatre coins de ma tête.

Je choisis une allée non loin du chœur et vins m'asseoir sur l'une des chaises. Je n'avais jamais prié. J'étais novice et dépassée, mais je savais qu'à cet instant, il me fallait quelque chose de plus grand pour oublier la vie qui me tourmentait et m'obliger à continuer. J'avais besoin d'un coup de pouce, d'une aide, d'une main. Toutes les mains s'étaient pourtant tendues et parmi toutes celles que j'aurais pu attraper, c'était la tienne qui se dérobait petit à petit.

Les mains croisées, entremêlées, j'essayais de réfléchir à ce que je pouvais dire, penser, supplier. J'étais perdue et je ne voyais plus le chemin que je devais suivre ou fuir. Les mains jointes, je n'avais pas de mots, mais une musique dans la tête qui cognait et qui cognait de plus en plus en fort. Elle paralysait mes pensées. Je ne pouvais même plus m'évader, réfléchir. J'essayais de l'effacer, mais elle se mettait à s'élever de plus en plus, le son montait à toucher les étoiles. La musique voulait m'emporter, m'emmener mais je ne voulais pas m'éloigner. Je n'étais pas prête à danser au-dessus de mon corps. Qu'est-ce qu'il y avait là-haut ? Tout ce que l'on nous promet ? Est-ce que mon optimisme allait ternir à force de découvrir les gens ? Cette race humaine qui, même en portrait, était vaine. À force d'être malmenée, traînée, jugée, est-ce que j'allais finir par T'en vouloir, Toi qui prenais tout le ciel et qui Te cachais quand je Te priais un peu trop fort, de toute mon âme, du fond de mon lit, pour que change ma vie, pour que cette musique cesse, pour que ce refrain s'estompe et disparaisse. Toi qui ignorais mes pleurs et ma douleur au quatre coins du monde.

On dit qu'Il te suit, que tout ira bien, promis. Pourtant tout était toujours tout gris. Aucune lumière, aucun espoir. Je n'avais pas souri assez à celui qui me tendait la main par intérêt ou par pitié. Rien n'est jamais fait gratuitement et j'ai l'impression que je paierai toujours ma part de mon sang, même quand je fais semblant et que j'écris ma peine sur les murs blancs de ma chambre.

Il me semblait à cet instant que cette prière n'était pas conventionnelle et je ne savais pas si elle aurait la grandeur d'atteindre Ta hauteur. J'ignorais tout de Toi alors que tu me connaissais par cœur. Je partais avec des longueurs de retard et je vacillais entre l'envie de laisser couler ou de m'accrocher à Toi comme ultime recours avant de sombrer. Qui sait, peut-être que Tu m'aiderais ?

Soudain, les sentiments vinrent se bousculer dans mon esprit et me submergèrent. Les larmes se mirent à couler toutes seules, abondantes… Je ne pouvais pas m'arrêter et pourtant j'ignorais la cause de cette douleur enfouie depuis toutes ces années. Je pensai à Raphaël et mon premier réflexe fut d'arrêter, de me cacher, de cesser pour ne pas qu'il me voie… Mais il n'était pas là. Je pouvais à loisirs déverser cette haine, cette peine qui me détruisait, petit à petit, doucement, de manière lancinante.

Alors je me laissai me vider, me tordre de cette douleur qui était devenue tellement familière que je lui avais gardé une place de choix sur mon échine, sur mon bassin et mon esprit.

Alors que je pleurais, je sentis une présence près de moi. En tournant la tête, je découvris un homme. Grand, barbu, avec de petites lunettes rondes, il me regardait l'air un peu gêné. Je n'aimais pas ce rapprochement, je n'aimais pas les gens.

L'église était vide alors pourquoi il me collait ce pervers ? Je lui renvoyais un regard noir en essayant de dissimuler mes larmes, signe de faiblesse. Son regard de pitié me fit retrouver mes esprits. Je me levai d'un bond, le Divin n'existait pas et il était inutile que je continue d'attendre un signe de Sa part.

J'avais envie à cet instant d'hurler mon athéisme et de reprendre ma vie en main pour ne pas Le laisser me toucher. Alors que j'allais me lever, j'entendis une voix m'appeler.

— Madame, Mademoiselle ? Vous allez bien ?

— Qu'est-ce que cela peut vous faire ? dis-je sur un ton d'adolescente agacée.

— Je vous vois si jeune et si triste… à votre âge, on ne sourit pas ? On ne s'amuse pas ? dit-il en glissant sur la place qui nous séparait.

Je me levai d'un bond ; sa proximité me dérangeait et me mettait mal à l'aise.

— La jeunesse nous interdit donc d'avoir des états d'âme ? dis-je, avec un regard de dédain.

— Disons qu'elle permet de garder une certaine légèreté. Moins on a vécu, moins on a d'idées noires dans la tête.

— Parce que, selon vous, il suffit d'être à la veille de sa mort pour comprendre la vie et avoir vu des atrocités ? Je peux vous prouver mille fois le contraire.

Il commençait à m'agacer ce moralisateur. Des exemples concrets, je pouvais en trouver et les lui jeter au visage.

— Vous êtes malheureuse ?

— En quoi ma vie vous regarde ? Suis-je si intrusive dans la votre ?

— Je suis désolé de vous choquer, mais voir de si jolis yeux pleurer me laisse perplexe quant au sens de nos vies. Sommes-nous malheureux à tout âge sans espoir, sans avenir ? Ou suffit-il de prier pour retrouver un espoir ?

— Je ne priais pas, je ne crois pas en Dieu.

— Que faites-vous les mains jointes ?

— Et vous, que faites-vous à côté de moi alors que cette église est éternellement vide ?

— Je vous l'ai déjà dit. Vos yeux noyés par les larmes, cela me rend triste.

— Vous ne devez pas être souvent heureux si vous prenez à cœur les larmes de tous les étrangers.

— C'est là que vous vous trompez. Plus je donne et plus je suis heureux. Évidemment, je préfèrerais voir des sourires autour de moi, mais c'est rarement le cas car une vie qui se construit est pleine de difficultés. Beaucoup baissent les bras, mais il faut s'accrocher car elle vaut la peine d'être vécue.

Je ne savais pas quoi répondre à cet homme étrange que je cataloguai tout de suite d'illuminé. Être heureux, on en est tous là, à rechercher ces miettes de bonheur qui ne viennent même plus en rêve.

Le temps s'était rafraîchi, j'avais presque oublié que l'automne avançait à grands pas. Peut-être à cause de ces rayons de soleil qui nous caressaient. Néanmoins, à cet instant, j'aurais volontiers supporté un bonnet. La logique aurait voulu que je retourne chercher ma voiture garée à l'esplanade et que je rentre chez moi afin de retrouver ma famille. Seulement, personne ne m'attendait à la maison. Je n'avais plus aucune nouvelle d'Elliot et Raphaël s'éloignait de moi à grands pas de petit homme.

J'étais mélancolique et je me laissais guider par le vent au gré des rues et des personnes tantôt entourées, tantôt seules. Je regardais ces visages vides, souriants, aimants, heureux, d'une profonde solitude à qui je n'enviais rien. Ni leur joie, ni leur tristesse. Tout m'était égal. J'aurai aimé serrer mon fils dans mes bras, mais il se détournait de mon regard et de mes yeux sombres au fil des mois. Je ne pouvais pas lui en vouloir. Il était petit et plein de vie, j'étais presque jeune, et éteinte.

Le contraste entre nos deux vies s'accentuait de plus en plus sans que je ne fasse rien. Je repensais à cet homme dans l'église, élancé et fin, aux yeux rieurs, à la peine non superficielle.

Une main tendue, c'est cela dont j'avais besoin. La tienne peut-être…

10

La fragrance de bonheur aux allures de couleurs

Agathe était dans la voiture qui la guidait vers cet endroit inconnu, avec comme seule attache à la réalité la voix du GPS qui la conduisait machinalement. Elle enclencha son clignotant pour tourner dans une petite rue aux immenses maisons bordées d'arbres. Elle se gara devant une grande grille qui laissait entrevoir les promesses d'un jardin fleuri et bien entretenu.

Je ne savais si j'avais eu raison d'accepter cette invitation, mais maintenant que j'y étais, j'avais cette petite boule d'angoisse vrillée au creux de l'estomac. La peur et l'excitation se battaient pour occuper la plus grande place dans mon ventre.

J'étais garée dans ce village, sous cette chaleur de plomb pour un mois de novembre et j'attendais comme une idiote que l'on me susurre « Allez, vas-y ». Alors je me lançai en oubliant de réfléchir, en oubliant de penser à ce qui pourrait changer pour moi en entrant dans cet atelier. Je me laissai guider jusqu'à la sonnette. La grande grille était entrouverte, alors je m'y faufilai sans bruit. L'immense porte était fermée mais je remarquai très vite le petit chemin dérobé sur le côté de la maison. Je l'empruntai avec hâte, pressée d'en finir avec ces sentiments en duel au fond de ma poitrine.

J'arrivai devant une petite verrière fermée par une vieille porte en fer au vitrage simple. Je la poussai doucement, essayai de ne pas faire de bruit pour surprendre cet artiste, dans sa création, dans ses assemblages de bonheur. Il était debout à l'autre bout de la pièce. Quand il me vit, son visage s'illumina dans un sourire. Il vint à ma rencontre et m'embrassa tendrement en me serrant contre lui. Puis il reprit le cours de sa vie, comme si je n'existais pas. Je pouvais humer en entrant dans cet atelier comme une fragrance d'huile et de liberté. Peut-être même une pointe de nostalgie sur ses toiles, que le temps n'avait pas vieillies. Je regardais du coin de l'œil, presque gênée de ma présence, dans ce lieu si intime. Ce lieu qui me soufflait des histoires, qui me racontait des vies, une vie, celle de cet artiste.

Je me sentais envahie par un flot d'émotions que je ne pouvais contenir. Je contemplai de plus belle pour parader et tromper mon cœur qui cognait un peu plus fort dans ma poitrine. Je me laissai emmener dans cette valse de couleurs et j'avais cette impression de légèreté qui me portait jusqu'au ciel. Puis, il vint s'asseoir, prit une feuille et se concentra sur ses images, sur ses créations, sur cette libération qu'il exprimait avec des pinceaux, avec des crayons.

Je le regardais à ce moment-là et plus rien ne semblait exister autour de lui. Je ne pouvais plus détourner mon regard qui virevoltait de ses yeux à ses peintures. Une heure, deux heures, dix heures s'étaient peut-être écoulées. Je l'ignorais, je n'avais plus la notion du temps. J'avais les membres engourdis de ne pas avoir bougé pendant si longtemps. Mais il m'acceptait dans son univers pour me puiser, me vider de mon inspiration, recharger l'encre de ses crayons, alors je me faisais discrète et secrète. Je ne soufflerai mots de ce que j'avais pu découvrir, de ces grains de lui. Je le garderai pour moi un peu comme un secret, un peu comme un regret de ne pas partager cette présence, ce talent.

Il s'arrêta alors et me lança un sourire. Il vint s'asseoir dans le fauteuil placé à côté du mien.

— Bonjour Agathe, me dit-il dans un sourire.

Je m'autorisai le droit de respirer, le droit de déplier mes jambes. Il me conta alors l'histoire des quelques toiles, parmi les milliers, qu'il avait choisi de faire trôner en ces murs. Peut-être n'était-ce pas ses préférées ? Peut-être étaient-elles là, un souffle d'éternité dans leurs couleurs à cause de l'histoire qu'elles racontaient, la naissance de leur projet, la rencontre des personnes qui les avaient inspirées.

Sa voix d'outre-tombe résonnait, envahissait l'espace. Cette mélodie m'emportait à la hauteur des cieux. Je n'avais pas envie d'en redescendre. J'aurais voulu rester accrochée encore quelques instants sur son nuage, mais il se tut. Il ne me regardait pas, il était plongé dans ses pensées. Ses pensées de vieil homme de soixante-dix ans qui avait une histoire. Son histoire qui m'intéressait, que je voulais connaître, dont je voulais m'imprégner pour me donner des raisons de l'admirer encore.

Il fixait un point dans le vide, son œil un peu trop pâle était hagard. Je me penchai sans un mot pour me rapprocher, un peu inquiète de son absence de mouvements. Il sortit de ses songes et me sourit dans un regard un peu triste. J'étais là près de lui à remuer son passé tel un fouet dans une pâte à gâteau, et je sentais que cela le rendait nostalgique. Était-ce l'âge et la phobie du temps qui passe qui le rendaient blafard ? Je n'en avais pas l'impression. Il savait immortaliser les instants à coups de pinceaux et insuffler à toutes ces personnes des instants de vie supplémentaires, des instants de vie à jamais dessinés sur des toiles, à coup de couleurs. Alors le temps qui passe, cet homme s'en moquait bien. Il l'avait apprivoisé, il savait en jouer et le déjouer.

Il se leva, vacilla quelques instants et se pencha afin d'attraper un petit coffre enfermé dans un tiroir. De ce petit coffre, il sortit plusieurs photos. Toujours une même silhouette se dessinait sur ces clichés. Celle d'une jeune femme très maigre, souvent dévêtue. Son visage, aux traits prononcés se radoucissait grâce à un sourire rayonnant. Elle avait de longs cheveux roux bouclés qui lui tombaient sur les épaules, et un visage angélique. Alors qu'il me tendait ces photos pour que je l'admire davantage, il ne me dit mot. Qui était cette jeune femme ? Je n'osais lui demander. Enfin, il brisa le silence. Elle s'appelait Edwige et avait vingt-cinq ans à l'époque de ces photos. Une quarantaine d'années s'étaient écoulées depuis et il en parlait avec des fragments de larmes dans la voix. Elle avait eu vingt-cinq ans à tout jamais cette année-là.

Il en avait trente à l'époque et avait croisé son regard au coin d'une rue. Il était resté paralysé ne sachant pas comment avancer, comment regarder ailleurs, comment vivre après elle. Ses jambes s'étaient soudain débloquées et étaient allées à sa rencontre. Il lui avait alors dit qu'elle était la femme de sa vie et qu'il voulait l'épouser sur le champ. Elle avait d'abord souri puis l'avait regardé un moment avec insistance. Enfin, elle avait dit oui, sans même connaître son prénom. Edwige était grande et très maigre, parée de yeux verts enchanteurs. Elle aimait la vie et n'en faisait qu'à sa tête. Elle marchait à la pulsion. Les yeux noirs de cet artiste étaient beaux, alors pourquoi ne pas lui dire oui ? Pourquoi ne pas l'épouser, le reste après suivrait.

Il l'avait alors amenée dans sa minuscule chambre de bonne qu'il louait pour quelques sous le temps de finir ses études. Elle était tombée en admiration devant ses toiles et lui avait fait l'amour toute la nuit. Leur histoire bien qu'idyllique aurait pu le rester si notre artiste n'avait pas oublié d'émettre l'engagement et la liaison qu'il entretenait déjà avec une certaine Jeanne. Très jolie jeune femme, pourtant à mille lieux de la rêveuse Edwige. Jeanne avait les pieds sur terre, était élégante et voulait que notre artiste se range de son côté pour travailler dans l'entreprise de son père. Quelques sanglots encore dans la voix, il m'expliqua alors qu'un beau matin en arrivant dans sa petite chambre située au dernier étage d'un immeuble en comprenant cinq, il avait découvert le corps d'Edwige nue, allongée sur le sol. Instable et mélancolique, sans doute un peu dépressive de nature, elle s'était donné la mort, laissant comme seul message un petit papier écrit de sa main sur lequel on pouvait lire *adieu.* Il courut pour la secourir, pour lui insuffler la vie, la réanimer, l'aimer à jamais…

Sur ce dernier point, il tint sa promesse. Jamais aucune autre femme n'entra dans son cœur. Bien sûr, il eut plusieurs maîtresses, l'une d'elle compta davantage, puisqu'il l'épousa. Elle lui donna deux garçons et une fille. Sa vie passa ainsi avec beaucoup de regrets, beaucoup de tristesse et de rancœur d'avoir laissé Edwige, seule ce soir-là pour aller parader au repas de sa future famille, afin de rencontrer les puissants du milieu. Bien évidemment, l'histoire éclaboussa Jeanne et il fut évincé comme il se devait.

Il avait expliqué cela très calmement, avec beaucoup de nostalgie et de tristesse, mais également avec un certain recul. Ses yeux étaient humides mais beaucoup de pudeur émanait de ce monsieur fatigué par la vie, fatigué d'avoir aimé et souffert.

Malgré ce secret que je devais garder, je l'admirais lui, et son univers toujours autant.

Moi comme toutes celles qui avaient pu entrer pour l'admirer et l'aimer artistiquement. Avait-il eu des liaisons avec chacune d'entre elles ? Avait-il essayé de retrouver Edwige à travers leurs corps ? À travers leurs âmes ?

Les soubresauts de cette voix caverneuse me confiaient que les autres femmes de son genre n'avaient pas réussi à combler ce vide. Et désormais, ça n'était plus sa priorité.

Le regard qu'il avait sur mon travail m'aidait à avancer, à peindre, à nuancer et à me libérer d'un carcan dans lequel je pouvais m'enfermer parfois. Sa vision sur la vie était réfléchie. J'aimais l'écouter, lui poser des questions, être près de lui. Son atelier à la verrière délavée, aux capucines grimpantes et au chèvrefeuille embaumant, m'apaisait. Je me sentais à l'abri du temps et des jugements. Je me sentais la force d'être libre et créative avec beaucoup de conviction et de force.

Le temps passa très vite cet après-midi-là, beaucoup plus vite qu'à l'accoutumée. L'heure de rentrer tambourinait au son de ma sonnerie de portable. C'était Benoît qui me rappelait que je devais revenir dans ce bas monde peuplé du commun des mortels. J'eus néanmoins du mal à quitter ce vieil artiste aux milles secrets, mais il le fallait. Il fallait aussi réfléchir à la façon d'aborder le sujet avec Benoît qui ne verrait certainement pas d'un bon œil mes visites régulières dans ce havre de paix. Nos quelques quarante années de différence n'arrêteraient pas mon mari,... et puis à quoi bon lui expliquer l'intensité de mes sentiments ? Il ne comprendrait pas. Je n'avais pas envie de m'attarder dans un débat stérile, alors je laisserais le projet de le revoir en suspens pour l'instant. Juste un petit moment, le temps de trouver les mots qui touchent, qui persuadent et convainquent.

La sonnerie retentit une nouvelle fois. Décidément, il était coriace, plus que je ne l'imaginais. Mais à ma grande surprise, c'était Hugo. Il voulait me voir dans l'instant. Je n'étais pas très loin à vol d'oiseau, mais les bouchons seraient autre chose. Un peu curieuse, un peu inquiète, j'acceptai son invitation.

11

La Mathilde

La grille était ouverte, Agathe n'eut qu'à se glisser dans cette petite allée afin de se diriger à la rencontre de son ami qui la sollicitait. Elle se posait beaucoup de questions quant à son appel pour le moins surprenant. Avait-il réellement un problème ? Était-ce pour lui parler de Benoît ? Y avait-il un problème entre eux ? Elle ne savait pas comment appréhender cet appel. Peut-être de la plus simple des manières. Après tout, c'était sans doute la meilleure.

Il m'attendait sur le pas de la porte dans un tee-shirt blanc cintré. Je lui rappelais d'emblée que ses poses de dragueur ne fonctionnaient pas avec nous et nous nous mîmes à rire comme deux adolescents. Il m'offrit un vin blanc, c'est vrai qu'il était déjà 18h.

Il voulait me parler, et avait même prié Benoît de me retrouver ici. Pour le coup, je lui étais reconnaissante. Les deux heures de retard que j'avais cumulées dans l'atelier de mon ami pourraient passer inaperçues. Je ne comprenais pas le pourquoi de mon rendez-vous, mais le canapé et le vin étaient de bons amis. Nous parlâmes de la pluie et du beau temps, de nos différents projets à venir puis voyant qu'il ne se décidait pas, j'en vins aux faits.

— Pourrais-tu me dire le pourquoi de ma présence ici ? Tu as un souci ?

Il se leva, puis vint s'asseoir plus près de moi encore. Il hésita un instant, tourna les doigts plusieurs fois les uns autour des autres puis se lança.

— J'ai rencontré Madeleine, tu le sais, et ça marche plutôt bien entre nous. C'est le début, on s'entend bien et je pense avoir de réels sentiments pour elle mais…

— Oh non Hugo ! coupais-je. Pourquoi ce « mais » ?

— Mathilde est revenue dans ma vie il y a quelques jours de cela. Tout s'est enchaîné. Je suis allé à la librairie d'un vieil ami, j'ai pris des nouvelles de tout le monde, et il a dû prendre soin de lui confier mon adresse, car elle est arrivée seule.

— Hugo… Vous avez eu votre chance tous les deux et vous ne l'avez pas saisie. Tu as Madeleine maintenant.

— Je sais… Tu as sans doute raison. Mais Mathilde existe, elle est là, près de moi. Je n'arrive pas à vivre sans elle. Toutes ces années loin d'elle ont été un enfer, un calvaire. Je ne pensais pas la revoir ou, si, j'ai tellement prié pour la retrouver, et maintenant qu'elle est là, je me pose des questions sur une éventuelle histoire. C'est quoi mon problème ?

— Ton problème, maintenant, c'est Madeleine. Vous êtes beaux tous les deux, et te replonger dans une histoire avec une femme mariée, maman d'un petit garçon, ne va te mener nulle part.

— Ça me mènera peut-être au bonheur.

— Tu es sérieux, là ? Mais tu n'as aucun sentiment pour Madeleine alors ?

— Si, bien sûr. Elle est belle, brillante, intéressante… Mais cette flamme, ce cœur qui bat, il est pour Mathilde depuis le premier jour.

— Ça n'est pas réciproque, visiblement, puisqu'elle s'est mariée et a eu un enfant sans même t'attendre.

J'essayais de bousculer mon ami pour qu'il se rende compte de l'absurdité de la situation. Mathilde avait sa vie, loin de lui. Il fallait qu'il fasse de même.

— Tu ne la connais pas. Elle ne peut pas vivre seule.

— Je ne sais pas ce qu'elle ne peut pas, mais en tous les cas, à première vue, elle peut vivre sans toi.

— Pourquoi tu la condamnes sans même la connaître ?

— Je ne la condamne pas, je regarde les faits. Elle a refait sa vie, pas toi.

— Elle n'est pas heureuse.

— Cela vous fait un point commun alors…

— Peut-être qu'à deux on le serait…

— Ou alors vous seriez tous les deux malheureux. Écoute, tu es mon ami. Je te le répète, tu as eu ta chance avec elle et vous ne l'avez pas saisie. Il est inutile de vouloir reconstruire une histoire consumée.

— Il n’y a rien de consumé, c’est une histoire qui n’a jamais existé.

Je ne savais plus comment faire comprendre à Hugo qu’il ne s’engageait dans rien de bon avec sa pseudo amie d’enfance. Certes, il avait l’air sincère, il avait même l’air d’être perdu, ce qui confirmait ses sentiments à l’égard de Mathilde.

Je ne pouvais pas condamner mon ami ; l’amour ne se commande pas et parfois même notre cœur nous fait chavirer pour des raisons inconnues. Nous sommes juste impuissants face à une personne. Incapables d’avancer, de bouger et cette paralysie nous consume peu à peu quand le besoin de l’autre dépasse l’impossibilité d’être près d’elle. À cet instant, peu de choses nous paraissent surmontables.

— J’ai retrouvé son odeur, me dit Hugo. Ce même élixir que j’ai cherché dans toutes mes étreintes. Ce parfum qui m’apaise, qui me fait sourire et vivre.

Je n’avais plus de mots face à ses propos de plus en plus chargés d’émotions pour cette Mathilde. Je compris que mon pamphlet improvisé contre cette jeune femme ne changerait rien à sa décision. Il était perdu et ne voulait pas trouver la sortie de ce dédale. Il voulait juste savourer chaque instant et humer chaque fragrance d’elle. Je crus à un moment l’envier. Sa position était peu plaisante, il faut l’avouer, mais tellement enivrante. Il semblait abattu, la tête penchée sur ses genoux, les mains l’empêchant de tomber davantage, mais il affichait un sourire béat. Je le regardais pour comprendre et savourer un peu plus sa situation, peut-être même me réchauffer un peu à cette flamme. Je m'autorisais à imaginer cet amour interdit et je vins me blottir davantage dans le Chesterfield marron. Je devais à mon tour afficher un sourire, perdue dans mes pensées, car il s'arrêta un instant sur mon visage avant de me demander ce qui me faisait sourire. Jouer la carte de la sincérité reviendrait à approuver cette histoire vouée à l'échec. Mais, de toute façon, attendait-il mon accord ? Je savais bien que non et je me demandais pourquoi il avait eu envie de confier tout cela à moi et non à Benoît.

— Tu attends quoi de moi Hugo ?

— Que tu m'aides à y voir plus clair…

— En es-tu certain ?

— Non. À vrai dire, j'avais juste envie de me confier à quelqu'un… Une femme de préférence, et une amie. Tu connais Benoît mieux que moi. Il se serait foutu de moi comme à son habitude, et aurait fini bourré avant même que je finisse mon histoire

— Parce que tu crois que je suis encore sobre, après tous les verres que tu me fais boire depuis tout à l'heure ?

— Agathe, je ne t'ai pas resservie…

— C'est la fatigue alors… Si je peux te donner un conseil :… Fonce avec Mathilde, prends ta cape, ton cheval blanc et va l'extirper de cette vie où « elle n'est pas heureuse ».

— Ce n'est pas aussi simple… Va-t-elle me suivre ? Que vais-je faire de Madeleine ?

— En l'occurrence, Madeleine, tu vas la quitter et aller déclarer ta flamme à Mathilde…

— Ce n'est pas aussi simple ! répéta-t-il.

— Arrête de tout compliquer ! Tu en choisis une, celle que tu préfères et tu pars faire ta vie avec !

— Là, dans l'absolu, ce serait Mathilde, sans aucune hésitation, et ça me peine car la nouveauté de Madeleine ne fait pas le poids face à elle. Cependant, est-ce que Mathilde renoncerait à sa vie pour moi ?

— Ressers-moi un verre, j'y verrai plus clair…

Dans un sourire, il prit mon verre pour me resservir mais ses mains tremblaient légèrement. Je n'avais jamais vu mon ami dans cet état.

— Je dois te demander autre chose…

— Oui ?

— C'est assez difficile, ça concerne Benoît…

— Qu'est-ce qu'il se passe ? demandai-je, un peu inquiète.

— Il se demande si tu as un amant ?

Je pouffai de rire ! Je reconnaissais l'inquiétude de mon mari jaloux à travers cette question. Devant ma réaction, Hugo se détendit.

— Tu lui diras que j'en ai tout un tas. Au moins un pour chaque jour ! dis-je en portant le verre à ma bouche.

Alors qu'il venait de se rasseoir près de moi, son interphone nous sortit de notre rire. L'heure était avancée, mais il était trop tôt encore pour que ce soit Benoît, sans doute bloqué dans les bouchons aux abords de la grande ville.

Il répondit et revint près de moi un peu gêné, avant de réussir à sortir un « C'est elle ». Je compris que j'allais faire la connaissance de cette fameuse Mathilde.

— Ça aussi, c'était prévu ?

— Absolument pas ! dit-il en s'éloignant vers la porte.

Quand il ouvrit la porte, je vis une petite forme entrer nonchalamment. Elle ne reflétait pas la joie de vivre. Même si je n'aimais pas ce côté femme qui m'envahissait à chaque fois que je rencontrais une autre femelle, je ne pus m'empêcher de la juger. Style vestimentaire, beauté (ou non), apparence physique... Et elle ne dérogea pas à la règle, à celle sans doute de plus de 99% des femmes sur cette terre.

Elle était petite. Un long manteau noir couvrait son corps frêle et un gros bonnet blanc recouvrait son petit visage. Elle se déshabilla sur la route du fauteuil. Je découvris une chevelure blonde assez courte et de grands yeux bleus. Elle portait un jean et un petit pull rouge, col en V , qui lui allait très bien.

Il fallait être sincère, elle était jolie. Elle avait un visage enfantin et un large sourire qui ressemblait à une invitation. Je ne savais pas à quoi, mais elle donnait envie de la suivre. Elle avait quelques courbes, mais surtout une belle cambrure. Beaucoup de sensualité émanait de cette silhouette qui avançait vers moi. Perdue dans mes pensées, j'eus un temps de retard devant elle qui attendait pour m'embrasser. Je me levai d'un bond pour lui faire la bise avec beaucoup d'empathie. Après tout, pourquoi pas ? Hugo nous présenta. Elle resta un moment en retrait, une fois les présentations faites, l'air un peu gênée, ennuyée de sa présence non attendue. Puis au bout de quelques minutes, elle vint s'asseoir à côté de moi et se mit à me questionner sur mon métier et sur l'art en général. Elle s'y connaissait un peu, comme une prof… Mais elle avait l'air sincèrement intéressée, si bien que j'eus envie de lui proposer une invitation pour mon prochain vernissage. Elle accepta volontiers. Le courant passait plutôt bien. Elle était gentille et douce. Et chaque phrase était parsemée de larges sourires ce qui détendait l'atmosphère [*qui n'avait aucune raison d'être tendue*].

Nous parlâmes comme de vieilles amies et en regardant ses quelques mimiques, j'avais l'impression de la connaître, tellement Hugo m'avait déjà parlée d'elle. Elle avait un côté fragile mais sa voix, bien que douce, était convaincante et on décryptait facilement que ce n'était pas le genre de femmes à se laisser faire. *Encore une chieuse…* Cette description me fit sourire intérieurement. Puis, un blanc vint couvrir la soirée qui débutait pourtant bien. Je risquai une question banale, un peu « à la con » mais qu'on ne peut s'empêcher de poser…

— Et comment vous êtes-vous rencontrés ?

Elle me dévisagea un instant, avant de me dire qu'ils étaient amis, et non amants.

Bien sûr… Tu es la seule à vouloir te convaincre, ma poulette… Les regards que vous vous lancez ne trompent personne…

En tous les cas, pas moi. Cependant, devant sa réticence, je compris l'incertitude d'Hugo. Elle ne savait pas ce qu'elle voulait et cette situation pouvait vite agacer notre ami, généralement peu patient. Hugo semblait gêné. Il bredouilla quelques phrases inaudibles avant de réussir à sortir distinctement qu'ils étaient amis d'enfance, ou plutôt d'adolescence. La sonnerie mit fin à cette gêne que je trouvais hypocrite. Elle se pointait quand même un soir, sans invitation, la Mathilde, laissant homme je ne sais où, et enfant chez un ami. Je trouvais à cet instant que l'amitié avait parfois bon dos et réalisais la complexité de la situation dans laquelle Hugo s'était fourré. Benoît arriva et dévisagea cette nouvelle personne assise sur le canapé de notre ami. Il ne s'imaginait pas alors qu'il s'agissait de Mathilde. Quand les présentations furent faites, il eut un temps d'arrêt devant cette jeune femme. En venant s'asseoir à côté de moi, il me regarda l'air perplexe et me dit dans le creux de l'oreille : « LA Mathilde ? ».

Je lui fis un sourire approbateur. Il la regarda davantage et me glissa un « Pas mal, la petite »… Mon regard noir lui fit comprendre qu'il était allé au-delà de mon seuil de tolérance. Il se tut un instant, puis se tourna vers elle et posa, à son tour, la question « à la con… » Elle nous regarda l'un après l'autre comme deux idiots.

Elle avait tout de même un côté hautain qui devait plaire à mon ami. Il aimait ce genre de femmes fragiles, mais sûres d'elles. La soirée fut cependant agréable, ils étaient complices et c'est vrai qu'il paraissait émaner de ces deux personnes un amour peu commun. Je n'aurais pas su dire sur l'instant s'il s'agissait d'un amour fraternel ou du véritable Amour, celui que l'on peut rechercher en vain toute sa vie.

Ils nous racontèrent des souvenirs, beaucoup de souvenirs qu'ils avaient en commun. On avait l'impression qu'ils ne s'étaient jamais quittés. Il était difficile au premier abord, même au deuxième d'ailleurs, de savoir qu'ils avaient été séparés pendant ces cinq années. Ils étaient proches et c'est vrai qu'ils avaient l'air heureux. Pourtant, elle plongeait souvent son regard dans le vide et toujours, dans ces moments là, elle semblait perdue dans ses pensées. Elle revenait parmi nous au bout de quelques minutes et essayait en vain de reprendre le fil de la conversation, mais on voyait qu'elle était déconnectée. Malgré les sourires de façade qui ne la quittaient que rarement, elle semblait être éprise d'un profond mal-être qui envahissait sa personne et la vidait de toutes ses forces. Elle était ailleurs et semblait prisonnière de cette douleur qui l'amenait à faire une croix sur sa vie.

Au cours de cette soirée, elle nous parla longuement de son fils et quelques parenthèses vinrent mentionner son mari. Il paraissait loin d'elle, comme-si il n'existait plus, comme-si leur histoire était déjà consumée depuis des années. Nous avions plus l'impression de voir une maman célibataire qui essayait de se débattre avec ses vieux démons, qu'une femme mariée et épanouie.

Mathilde me fit me poser un tas de questions sur ma propre condition et sur mon futur. Est-ce que l'on devenait tous ainsi ? Je regardais mon couple au bout de ces dix années et j'avais l'impression parfois d'exploser en la compagnie de Benoît. J'avais souvent ce besoin de liberté et d'évasion, cette envie de faire un sac, et de partir seule très loin, sans souffler mot, afin de me ressourcer et de faire exactement tout ce qui me passerait par la tête. Cependant, je ne l'avais jamais fait par peur de vieillir seule, par peur de me couper du monde, par peur de me laisser envahir par cette folie qui m'habitait petit à petit quand je la laissais me guider.

Étais-je lâche ou courageuse ? Je ne savais plus discerner le bien du mal à cet instant, ni ce qui me rendait heureuse ou pas. Plus je regardais la mélancolie de Mathilde envahir l'atmosphère de manière lancinante, et plus je devenais moi-même instable, prête à perdre pied. Elle portait en elle une onde négative qui nous scotchait à notre chaise et nous laissait entrevoir un passé enviable, mais un futur inexistant. Je fus mal à l'aise à l'idée de me dire que tout était tracé et que les beaux discours sur le fait que l'on choisissait sa vie étaient vains, puisque finalement, nous n'étions que des pions, des pantins au service de « je ne sais qui », toujours prêt à nous faire subir le pire pour ricaner dans sa barbe.

Benoît me fit revenir à la surface en me caressant doucement la main. Son attention maladroite me fit sourire à mon tour. J'avais une canne, je ne la lâcherais pas malgré tous les ennuis et les soucis que cela pouvait engendrer par moment.

Nous apprîmes beaucoup de leur colocation dans la grande maison. Ce passage de leur vie avait l'air d'avoir marqué un tournant dans leur relation. Vivre sous le même toit à plusieurs, pourquoi pas ? Cette idée originale permettait peut-être de ne pas grandir, ou être à plusieurs pour affronter les difficultés que la vie nous déposait gentiment sur le paillasson. On avait beau tenter de les éviter en faisant une grande enjambée, ils s'agrippaient à notre jambe et glissaient doucement vers notre dos, dans une lourdeur à faire courber l'échine. Force d'épuisement, il fallait reconnaître qu'on ne savait jamais réellement s'en débarrasser. C'était souvent eux, un beau matin, qui prenaient la tangente, nous laissant seuls avec pour seule compagnie un mal de dos. Alors la vie en communauté servait peut-être à cela… Partager ses soucis, ses tracas et se relever plus vite.

Dans mon lit, ce soir-là, la mélancolie envahit tout mon être. Benoît ne remarqua rien, trop occupé à se demander si Hugo allait enfin coucher avec Mathilde… Je ne pensais pas à cet instant que c'était le but ultime de ces deux âmes perdues, livrées à elles-mêmes. Je ne savais même pas s'il était question de sexe entre ces deux-là. Ils étaient simplement deux solitudes et recherchaient du réconfort l'un avec l'autre.

La lumière vint s'éteindre et le noir envahit la petite chambre meublée à mon goût. Mes yeux restèrent ouverts un petit moment avant que la fatigue ne s'empare de moi.

12

Par ennui

Agathe et Benoît venaient de prendre congé. Hugo était seul dans son appartement avec Mathilde. Il la regardait du coin de l'œil s'activer à débarrasser la table. À plusieurs reprises, il essaya de la convaincre de ne pas se sentir obligée de le faire, qu'elle pouvait aussi bien venir prendre un dernier verre dans le fauteuil au coin du poêle. Cependant, ses gestes étaient nerveux et maladroits. Sa tête était penchée sur la vaisselle qui s'entassait dans l'évier et ses mouvements étaient une vaste répétition mécanique, une valse sans musique.

Dans cette immense cuisine ouverte où je ne cuisinais que très rarement, elle levait parfois ses yeux bleus vers moi. Quand son regard croisait le mien, elle évitait de le soutenir pour repartir explorer les assiettes sales. Au bout de longues minutes, elle se tourna vers moi. De petites cernes étaient venues se dessiner sous ses yeux mais elle restait jolie. Elle me demanda si elle pouvait rester dormir. Je ne pouvais rien lui refuser et je ne voulais pas qu'elle rentre seule chez elle. J'avais envie qu'elle ne reparte jamais et qu'elle passe le reste de sa vie près de moi. Mes sentiments étaient clairs à son égard, je l'aimais.

Nous n'eûmes pas envie de nous parler plus longuement. Dans mon lit, elle vint se blottir contre moi. Son corps chaud contre le mien était un songe auquel j'avais rêvé pendant toutes ces années. Je revenais de ce bagne où j'avais vécu loin de sa peau, de son souffle et de sa fragrance.

Je m'enivrai de son parfum un peu plus à chaque instant en puisant ma force dans sa courte chevelure. Elle était contre moi, dévêtue, et je la serrai de plus en plus fort. Je désirai son corps frêle et sa cambrure que je caressais doucement. Elle se laissait faire sans tressaillir, le nez enfoui dans mon torse.

Elle ne soufflait mot mais sa respiration s'était accélérée. Je sentis des larmes perler le long de mon corps. Je la serrai à cet instant un peu plus fort. Nous étions là, comme deux adolescents amoureux, sachant très bien qu'un espoir d'avenir était vain, mais cherchant tout de même à défier les dictats qui menaient notre vie. Nous n'avions pas envie qu'il ne s'agisse que d'une soirée ou d'un instant. Ses bras pouvaient m'accueillir toute une vie, plusieurs vies.

Dans une étreinte, plus douce encore que les autres, elle vint m'embrasser et nous fîmes l'amour dans le noir, à la lueur de quelques bougies posées çà et là. Je m'endormis dans son corps, mes bras enlaçant sa poitrine.

Le soleil d'automne passa entre mes persiennes et vint me caresser le visage. Je tendis la main pour caresser Mathilde, mais je ne trouvai qu'un drap chiffonné, encore chaud. J'ouvris un œil et je vis que le matelas n'accueillait que mon corps. Je me levai d'un bond pour vérifier l'heure, il était 9h. J'avançai comme un fantôme dans mon appartement, à la recherche de son corps. Les lieux étaient vides. J'atterris dans ma cuisine. Pour remettre mes idées au clair, j'avais besoin d'une tasse de café.

Je vis alors sur le bar un petit mot griffonné sur une photo, un cliché en noir et blanc qui datait de nos années lycée. Elle et moi enlacés, jouant aux amoureux dans la cour du bahut. Je me souvins de cet instant comme-si c'était hier. Nous avions pris cette pose pour rebuter un garçon immonde qui tournait autour d'elle. Elle m'avait supplié durant de longs jours de faire cette photo afin d'être tranquille avec le « lourd » comme elle l'appelait. Moi qui avais en vue une petite brune au caractère bien trempé, j'avais hésité longtemps. Mais devant les larmes de mon amie, j'avais finalement craqué.

Je souriais seul, nu dans mon appartement, oubliant de retourner la photo pour y lire le mot. Elle n'avait pas été très explicite: *On se voit au vernissage d'Agathe...* Je me répétai ces mots et me demandai si j'avais vraiment été si pitoyable que cela pour avoir un mot aussi froid après notre première nuit d'amour… J'avais un goût amer dans la bouche et une angoisse m'envahit le ventre.

Soudain mon portable me ramena à la réalité. Pensant immédiatement à Mathilde, je sautai dessus.

Bonjour. Comment vas-tu aujourd'hui ? Madeleine.

La douleur au ventre s'amplifia…

13

Ne cours pas après le bonheur, il te rattrapera quand tu ne t'y attendras pas

Il fallait qu'elle rentre chez elle, qu'elle prépare un repas chaud, car Raphaël rentrait le soir même et Mathilde se devait de l'accueillir comme une maman aimante... Elle était en train de divaguer dans les rayons d'une petite supérette, trop étroite et trop chère quand son portable vibra.

Restaurant ce midi en amoureux ? Ed.

Ce message me fit sourire, je répondis à la seconde.

- *Où ? Smiley grand sourire*
- *Repaire du Lion ? Smileys fourchettes et couteaux*
- *12h, devant ?*
- *A tout à l'heure !*

Passer un peu de temps avec Édouard me ferait du bien. Dans l'instant, je me demandais si je devais lui dévoiler mon aventure de cette nuit avec Hugo.

Mes quelques courses achetées, je me dirigeai vers la Grand-Place. J'avais envie de m'asseoir un instant près de la fontaine comme les touristes, les amoureux ou les étudiants, mais je n'étais ni l'un ni l'autre alors je passai mon chemin. Je m'enfonçai rue de la clef et regardai avec nostalgie un appartement de deux grandes fenêtres, au premier étage d'une vieille maison datant d'un autre siècle. Des odeurs de bougies et de vin blanc me remontèrent aux narines. J'avais envie de pleurer ou de vivre, mais je ne bougeais pas. Un groupe de jeunes adolescents me tira de mes songes en passant bruyamment près de moi. Ils me rappelèrent nous, à leur âge, et je me demandai s'ils seraient aussi paumés que nous, à notre âge. J'eus envie de courir derrière eux et de leur demander de me rappeler comment on faisait pour vivre avec autant d'insouciance. Je n'en fis rien, bien sûr.

Prête à dépenser quelques euros, je m'engouffrai dans une friperie aux allures et aux murs atypiques. Une jeune dame très maquillée et vêtue à la mode d'une autre époque m'accueillit avec un large sourire. Je descendis directement au sous-sol pour me trouver des chaussures, quand mon portable vibra.

- J'ai faim !

Il était déjà 12h et perdue dans les méandres de mes pensées, je n'avais pas vu l'heure passer. Je m'activai pour traverser les quelques rues qui me séparaient d'Édouard. Il m'attendait droit dans ses bottes (ou plutôt ses chaussures) devant le restaurant, guettant l'heure à sa montre. Mon visage marqué par le manque de sommeil me fit peur dans la vitrine d'un magasin. Mon ami m'accueillit cependant avec le sourire, sans vraiment se soucier de mon apparence. C'était un réel ami. Il m'embrassa chaleureusement, puis s'arrêta tout de même en me regardant pour me dire que j'avais une mine déconfite. Il avait raison, mais je fis la moue. Il me serra davantage en me disant que j'étais la plus jolie, m'arrachant un sourire.

À peine installés, il commanda deux kirs cassis. Je le regardai l'air perplexe.

— Tu dois m'avouer quelque chose ?

— Oui, et il me faut de l'alcool !

— Claire attend le deuxième ? dis-je sur un ton amusé.

— Je crois, oui ! dit-il en attrapant le verre que la serveuse venait de déposer sur la table.

J'eus envie de rire face au comique de la situation. Je me souvenais de la scène que nous avions déjà vécue il y a un peu plus de cinq ans.

— Est-ce si grave ? demandai-je, blasée.

— Tu vis dans quel monde, Mathilde ? me répondit-il agacé.

Je ne savais pas quoi répondre face à l'hypocrisie de mon ami. Je le blâmai d'un regard noir, peut-être que ça l'aiderait à se remémorer la situation…

— Quoi ? me dit-il en vidant son verre.

Le fixant droit dans les yeux, je trinquai avec lui en cognant contre son verre vide. Il avait compris. J'esquissai un sourire qu'il ne me renvoya pas. J'eus peur à cet instant de la remarque machiste qui allait arriver.

— C’est complètement différent, dit-il, en commandant un deuxième kir.

— Prends du whisky, c’est plus viril pour se saouler la gueule…

— Je t’emmerde, Mathilde !

— C’est bien, tu commences à être un homme !

— Ah bon, le fait d’être un homme se mesure à sa vulgarité ?

— Non, mais par contre, ça peut se mesurer au fait de faire ce que l’on a envie ! Combien de fois, je t’ai vu ne pas boire pour plaire à ta dulcinée ?

— Tu ne l’as jamais aimée, Claire ? À vrai dire, tu n’as jamais aimé les femmes qui s’approchaient des hommes qui pouvaient te protéger. Tu as peur de quoi ? D’être une pauvre gamine délaissée de tous ?

— Là, c’est moi qui t’emmerde, Édouard ! dis-je, les larmes aux yeux en me levant.

Il m’attrapa le bras un peu trop fort en me suppliant de rester. Je repris ma place face à lui et m’enquillai le verre cul-sec ! Moi aussi, je savais faire. Et j’en recommandai un deuxième dans la foulée.

— Excuse-moi, dit-il en passant les mains dans sa tignasse.

Je le fixai sans rien dire. Je n’avais pas envie de m’excuser, j’avais du mal d’une manière générale à dire pardon. En guise d’excuses, je lui demandai plus d’explications.

— Qu’est-ce qu’il se passe ? Explique-moi. Pourquoi de tels doutes ?

— J'ai des doutes sur cette vie qui avance, et ce deuxième enfant me fait peur.

— Pourquoi ?

— Parce que je ne me sens pas prêt du tout. Je pense qu'elle en voulait tellement un deuxième, qu'elle l'a provoqué, ce bébé.

— Peu importe le pourquoi du comment, il est là, maintenant.

— Oui…

— Tu as failli la perdre, Claire. Tu te souviens ? Alors, qu'elle s'accroche à toi en désirant un deuxième enfant, c'est plutôt bien, non ?

— Sans doute, oui…

— Laisse passer un peu de temps, et prends du recul. Quand il sera dans tes bras, tu seras prêt à être papa.

— Le problème avec toi, c'est que tu laisses tout couler et regarde maintenant ta vie. C'est un chaos monumental, et même toi tu ne t'y retrouves plus.

— Oui, un chaos… Et je me suis enfoncée encore plus dans la tourmente, cette nuit,… J'ai revu Hugo, et j'ai couché avec lui…

— Ce n'est pas la première fois.

— Si…

— Pourquoi ? Par envie ?

— Non, par ennui…

— C'était bien ? me demanda-t-il en souriant.

— Non, dis-je, complètement fermée.

Le repas continua d'avancer à petits pas alcoolisés, un peu épongé par les deux énormes crêpes qui accompagnaient le cidre et les kirs.

Les hostilités de nos vies étant passées, nous pouvions parler de choses agréables, de notre passé, de notre enfance. Il me remémora un souvenir que j'avais oublié dans le passage à la vie d'adulte. On voit s'enfuir des souvenirs qui nous semblaient heureux, des rêves abordables que cette fichue vie a détruits en avançant.

Nous étions alors dans le grenier de la maison et nous avions découvert, caché sous des couvertures, un immense coffre en bois. Bien entendu, Édouard et mon frère s'étaient précipités pour l'ouvrir et nous découvrîmes des vêtements en tout genre. Sur l'instant, cela me rappelait un Martine, ces petits livres que l'on adore lire quand on est une fille et que l'on a grandi entre les années 70 et 90.

— Martine fait du Théâtre, avais-je crié, pas plus haute que trois pommes.

Les garçons m'avaient regardée l'air perplexe, un peu agacés.

— Martine fait du Théâtre ! avais-je insisté.

— Quoi, « Martine fait du théâtre » ? Pourquoi tu répètes cela ? avais demandé mon frère.

Je dévalai alors quatre à quatre les escaliers pour aller chercher mon trésor. Je remontai illico, le tenant précieusement dans les mains. Les garçons vinrent s'asseoir à côté de moi pour feuilleter ce petit livre. Édouard le lit à haute voix ; mon frère et moi buvions ses paroles. Nous décidâmes alors de monter une pièce de théâtre à trois en nous déguisant. Les fous rires envahissaient ce lieu froid mais chaleureux.

— C'était mieux l'enfance, me dit Édouard, les yeux dans le vide.

— C'était, sans aucun doute, moins compliqué, répondis-je dans le même vide que lui.

Puis, je me souvins que j'avais un fils. Un fils qui était depuis hier chez son ami. J'avais envie de le serrer et de lui dire que je l'aimais très fort. En quittant mon ami, je réfléchis à ce qui pourrait lui faire plaisir. Un cinéma en amoureux et un fast-food ? Une promenade dans la grande ville et un petit restaurant, rien qu'à deux ? J'optai pour la deuxième solution, car il adorait regarder le soir tomber sur les façades et voir peu à peu les lumières dévoiler l'intérieur des appartements.

Après une étreinte sur le trottoir, nous nous quittâmes heureux de nous être vus, mais toujours aussi paumés…

Raphaël se jeta dans mes bras et m'embrassa davantage quand je lui dévoilai le programme de la soirée. Je lui proposai plusieurs restaurants ; c'était à lui de choisir. Je ne fus pas surprise de son choix. La rue de Gand. Il adorait cette rue. Je ne pensais pas qu'à cinq ans déjà, on puisse aimer autant se promener dans les rues des grandes villes. Au restaurant, il commanda à la carte comme un grand, je le laissai faire d'un regard amusé. J'avais envie de le serrer à chaque instant, ce petit bonhomme qui était toute ma vie. Je lui posai des tas de questions auxquelles il répondait, tout en dévorant son assiette de frites. Je me demandais s'il avait assez mangé pendant cette journée chez son ami, mais je compris que c'était avant tout le bonheur d'être ensemble, dans un endroit différent de la maison, qui lui avait ouvert l'appétit. En dessert il commanda une énorme glace qu'il engloutit en quelques cuillères. Je peinais à le suivre. Alors que j'allais demander l'addition, il me posa une question qui me troubla.

— Dis maman, papa et toi, vous allez divorcer ?

— Pourquoi une telle question ? dis-je, un peu inquiète.

— Parce que les parents de Tom vont divorcer et qu'il va avoir deux maisons et plus de cadeaux à Noël. Comme papa ne vit plus souvent avec nous, je pensais que moi aussi je pouvais avoir plus de cadeaux !

Je regardai mon fils, ne sachant plus quoi dire. Le naturel des enfants pouvait parfois être troublant… Je le savais, puisque je travaillais au quotidien avec eux, mais, à chaque fois, c'était la même histoire, face à ce naturel et cette naïveté, j'étais déstabilisée.

Je répondis à mon bébé qui me regardait avec de grands yeux noirs, attendant ma réponse comme un chat attend ses croquettes, que l'important était d'avoir une famille unie et aimante, plutôt que des cadeaux. Je vis que ma réponse ne l'avait guère convaincu. Peut-être était-ce mon manque de conviction face à l'unité et l'amour de notre famille qui m'avait fait faillir… Peut-être… Sans doute…

Après le restaurant, nous nous promenâmes main dans la main, en observant tout ce qu'il se passait dans les maisons aux simples rideaux et aux lumières allumées. On aimait inventer des histoires sur la possible soirée des autres, pendant que la nôtre défilait dans la bonne humeur. Une dispute par ci, un film d'action par là et d'autres histoires vraiment tirées par les cheveux que Raphaël inventait en s'amusant.

Nous passâmes place Louise de Bettignies pour rattraper la rue de la monnaie. Dans cette rue, quelques téméraires buvaient encore des bières sur des terrasses entassées les unes sur les autres. *Le porthos* vint à nous, je regardai par la vitrine, et il me sembla voir un couple d'amoureux, remplis de promesses à l'aube de cet Amour naissant. Il nous ressemblait un peu à l'époque.

Je restais plantée là comme une idiote, alors que mon fils me tirait la manche pour m'entraîner dans la petite ruelle au coin de laquelle se trouvait une pâtisserie où l'on trouvait les fameux merveilleux, ce qui, aux heures d'affluence, engendrait une file d'attente sur le trottoir.

Nous arrivâmes enfin place aux oignons avec son célèbre estaminet qui, aux heures perdues, passait du Brel. On y mangeait des plats relevés au maroilles dans une ambiance « bonne enfant ». Sur notre gauche, en tournant la tête, on pouvait apercevoir notre dame de la treille. Mais Raphaël préféra continuer tout droit, afin de rattraper l'esplanade. La route jusqu'à la voiture lui parut alors longue et il vint se blottir dans mes bras.

Je ne fus pas mécontente de le glisser dans son siège auto. Dans le rétroviseur, j'observai ce petit minois qui regardait par la fenêtre avec de grands yeux ronds, les immeubles qui défilaient.

Ce soir-là, alors que je le bordais, il me serra davantage en m'embrassant tendrement la joue. Je m'endormis dans mon lit avec le sourire, empreinte du sentiment qu'aujourd'hui, j'avais réussi quelque chose.

Un peu plus tard dans la nuit, je crus entendre mon portable vibrer au loin. Ensommeillée, j'eus quelques instants de lucidité, mais je me rendormis sans même regarder. Peu importe qui cela pouvait être, rien ni personne ne pouvait me sortir de mes songes.

14

Les prémices

Il ne pouvait pas laisser Madeleine sans nouvelle, ce n'était pas correct. Hugo prit alors son portable afin de lui envoyer quelques messages. Il ne savait pas quoi lui dire. Il était évident que si son histoire avec Mathilde avait une suite, il s'engouffrerait dedans, oubliant jusqu'au nom de Madeleine. Il se trouvait minable de penser cela, alors qu'elle était vraiment intéressante, jolie... Mais son cœur ne se contrôlait pas quand Mathilde était face à lui.

J'avais pensé être devant une amie, mais ces cinq années d'absence m'avaient plongé dans une espèce de manque et m'avait ouvert les yeux sur mes réels sentiments à son égard. Je ne voulais, je ne pouvais pas la perdre une seconde fois. Je regardais cette photo et ce mot laissé, sans intérêt et sans conviction et je ne sus quoi penser, ni quoi faire. Alors que mon portable vibrait de plus bel et que Madeleine commençait à s'inquiéter de mon mutisme ou à perdre patience, je ne savais toujours pas quoi lui répondre.

La colère contre Mathilde, contre Madeleine qui me harcelait et contre moi-même, commençait à monter dans mon crâne et tambourinait à l'intérieur de ma tête. J'attrapai cette photo et l'arrachai en petits morceaux qui s'éparpillèrent sur le sol. J'aurai pu me contenter de ce geste bête et sans intérêt pour calmer mes nerfs, mais je sentais bien qu'il me fallait autre chose, quelque chose de plus violent pour m'aider à sortir toute la haine que je cultivais sur l'instant.

Les choses ne se passaient guère comme je le souhaitais. Le tabouret de bar valsa donc au milieu de la pièce et vint finir sa danse sur ma table basse. Le coup dans ce bout de bois sculpté fut immédiat. Je regardai mes mains avec mépris, me demandant comment elles avaient été capables d'un tel geste. Je ramassai l'objet du crime pour le remettre à sa place et allai dans la salle de bains, me passer un peu d'eau sur le visage.

La ressemblance avec mon père me troubla alors. Dans mes yeux, une nostalgie mélancolique ternissait l'ensemble de ma peau et mon regard était vide. Était-cela le malheur ? L'impuissance ? La colère ? La haine ? Je décidai d'oublier ce comportement minable et puéril en me glissant sous la douche. Mais avant cela, j'envoyai un message tendre à Madeleine, pour… la rassurer, pour… je ne savais quelle raison. Elle me répondit à la seconde et me proposa un restaurant, ce soir, dans le vieux Lille. Pourquoi pas ? J'étais à deux pas.

Je décidai de la retrouver sur place directement prétextant du travail et je sentis à la teneur de ses réponses, qu'elle attendait plus de moi à cet instant. Un restaurant, ce n'est déjà pas mal, il faudrait que je lui dise qu'elle n'était que le second choix !

La journée se passait dans les appels téléphoniques pour des commandes en cours et quelques travaux terminés, quand je tombai sur des photos, quelques-unes éparpillées çà et là dans une boîte, avec des dessins qui ne donnaient plus signe de vie tant leurs couleurs étaient passées.

Elles dataient de cinq ans, dans un jardin, une grande maison, des amis autour d'une table, sur une vieille balançoire et toi. Une photo en particulier me troubla plus que les autres. Tu portais le regard vers Elliot et jamais je pense, tu n'avais eu un tel regard à mon égard. Tu avais l'air de l'aimer et de le porter plus haut que les cieux. C'en était presque gênant, tant l'admiration émanait de ce cliché.

Furieux et triste à la fois, je décidai de jeter la photo au feu. En cette fin d'après-midi un peu froide dans mon esprit, il était préférable pour moi d'aller prendre l'air.

Les rues de cette grande ville s'ouvraient à moi, mais je me sentais seul au monde, la tête levée vers les cieux. La route me guidait vers la librairie de mon ami Bertrand. Il m'accueillit à bras grands ouverts, comme à son habitude. Rien n'avait changé et pourtant tant de distance s'était installée entre lui et moi. Entre eux et moi. Le temps et l'éloignement avaient eu raison de nos amitiés, et il fallait que je fasse une croix sur cette vie passée.

Je voulais m'en assurer en passant par ici et je me rendis compte que tout était différent, que le temps avait fait son œuvre et que nous avions laissé se rompre les quelques liens qui nous liaient.

Ça avait été une belle histoire, cette colocation, mais on ne revenait pas sur quelque chose de terminé, de définitivement consumé. Je me mis alors à penser que chaque moment était unique, comme ce temps passé et que je n'avais peut être pas réussi à apprécier à sa juste valeur, comme le fait de me réveiller près de toi tous les matins, peut être simplement parce que j'étais aveuglé par la jalousie, peut être simplement parce que notre amour n'en valait pas la peine.

Les lumières brillaient et éclairaient mes pas jusqu'à un fleuriste. J'avais envie de faire plaisir à Madeleine pour me faire pardonner de mon comportement, pour me dédouaner, pour l'aimer un peu plus. Son sourire radieux me donnerait des ailes, je n'en doutais pas. Je choisis une composition de roses et je vins la retrouver dans ce petit restaurant rue de la monnaie, *Le Porthos.* J'avais bien pensé à la chanson de Brel et j'avais hésité entre des fleurs et des bonbons, mais ces dernières firent leur effet.

Elle vint m'embrasser amoureusement. Le pas était franchi, nous avions déjà couché ensemble. Le temps des promesses tenues ou non pouvaient commencer, ainsi que cette espèce d'appartenance à l'autre, un pas que l'on ne peut franchir que lorsque l'on a dit à une personne qu'on l'aimait.

Je détestais cette forme d'appartenance et j'avais souvent fui quand les choses commençaient à prendre cette tournure. J'avais besoin de liberté mais cette vie sans attache ne me convenait plus. Alors je décidai de me laisser guider par cette insouciance du début et de suivre Madeleine là où elle avait envie de m'emmener.

L'intérieur du restaurant était petit dans une ambiance tamisée. Les plats étaient bons, mais je n'avais pas très faim. Je regardais Madeleine me sourire et je m'efforçais de lui renvoyer ses quelques rides gracieuses pour ne pas qu'elle s'inquiète mais je pensais à toi.

Soudain, je tournai la tête machinalement, et j'aperçus une forme floue devant le restaurant. Je te reconnus tout de suite, et j'eus du mal à garder mon sang froid. Je blanchis sûrement à l'instant où je croisai ton regard qui observait cette vitrine dans le vide. Un regard hagard et perdu, très loin de toi, et de moi. J'eus envie de me lever pour t'emporter et nous emmener, mais une petite main vint alors se montrer. Un petit bonhomme attrapa ta manche et te tira vers lui. Tu l'embrassas dans un sourire et tu disparus. Je ne pense pas que tu m'aies vu, du moins je ne l'espérais pas.

Comment t'expliquer avec cette soirée, que toi seule pouvait compter ? Le reste du temps, me parut long et inaccessible. Ma carapace s'était à nouveau refermée et me protégeait de l'extérieur. J'avais envie de quitter ce restaurant et de rentrer chez moi pour penser à toi et peut être à nous. Je n'en fis rien et tentai de reprendre le fil de la conversation où je l'avais laissée. Madeleine fit semblant de rien, mais elle lança un regard discret en direction de la vitrine. Tu étais déjà loin, elle ne se douta alors de rien.

Au moment de se quitter, je ne savais plus très bien si je devais l'inviter chez moi ou pas. Elle attrapa ma main et me serra contre elle. Je compris que c'était son carton d'invitation chez moi, et nous passâmes le reste de la soirée à discuter. Cependant, j'étais livide devant elle et je ne savais plus cacher mon état, si bien qu'à plusieurs reprises, elle me demanda si je me sentais bien. J'esquissai un sourire approbateur pour ne pas l'inquiéter davantage mais je mourais tout bas, j'hurlais en pensées et je ne montrais rien. Avant de la rejoindre dans la chambre, je m'éclipsai un instant dans la salle de bains afin de t'écrire un petit message.

- Tu étais belle ce soir dans ta robe et ton bonnet ...

Je n'eus aucune réponse et j'en déduis que tu devais dormir, du moins je l'espérais… Il fallut après quelques minutes que je coupe mon portable et que je rejoigne Madeleine qui m'attendait dans la chambre.

Elle était belle et je ne me comprenais pas. Elle était là, elle se donnait et elle m'aimait… Et moi, j'allais tout faire foirer pour une femme qui ne m'aimerait peut-être jamais. Avais-je vraiment besoin d'autre chose ?

Je décidai de faire abstraction de Mathilde, au moins pour ce soir.

15

On se sent vivant dans un regard

La salle d'attente était parsemée de quelques silhouettes qui se dégageaient çà et là, placées comme des bâtons que l'on aurait plantés sans vraiment en connaître le sens. Mathilde prit part à cet étrange tableau, presque pathétique, sur une chaise confortable. Un instant, elle ferma les yeux pour se convaincre que l'ailleurs était encore possible dans un monde lointain proche du rêve.

En les ouvrant et en croisant ces regards livides et ternes, je me dis que le rêve était sans aucun doute à mille lieux de cet endroit. Je me demandais si je renvoyais la même image d'adulte paumée dans les méandres de la vie, telle une gosse perdue. J'ignorais la réponse, et quand bien même elle murmurait à mon oreille, je ne voulais pas l'entendre. Comme un secret qu'on ne veut pas dévoiler, je préférais détourner mon attention pour ne pas subir la vérité.

Les longues minutes d'attente furent embellies par le livre du moment. De temps à autre, je levais les yeux et je croisais ces regards interrogatifs sur cette lecture qui m'emportait loin d'ici. Peut-être devais-je avoir l'air absorbé car je sentais bien que ces pauvres personnes aux allures de pantins démembrés avaient envie de me demander, les yeux pétillants d'envie « De quoi parle votre livre ? » Je les imaginais se levant pour venir s'installer près de moi afin de capter quelques lignes d'une lecture privée.

J'imaginais que cette mascarade pouvait leur redonner un sentiment perdu depuis bien longtemps, le souffle de l'espoir.

Mon tour arriva enfin sans que j'eusse à décrocher un mot ou un sourire. Je n'aimais pas les gens et encore moins ceux qui m'inspiraient de la pitié. Je pouvais les écraser et les laisser agoniser pendant de longues heures, sans sadisme, mais juste pour les rappeler à leur médiocrité, leur faiblesse qui avait pris le contrôle de leur vie et les avait guidés tout droit ici, dans ce tableau morbide. Je n'étais pas différente d'eux, et je me détestais.

Chaque fois, *Entre dos Aguas* de Paco de Lucia venait m'envahir l'esprit. Sa musique, sa cadence, sa force me donnaient envie de hurler l'inconstance et la passivité qui envahissait ma vie. Ces sentiments prenaient une place proéminente dans le reflet que me renvoyait l'image médiocre et floue d'une femme de trente-cinq ans, sans avenir, sans envie et sans ambition.

Une fois assise dans ce petit fauteuil face à ce médecin qui m'avait aidée à faire quelques pas avec un peu moins de souffrance, je ne sus par quoi commencer. Pendant un temps, comme à son habitude, il sortit sa sempiternelle question dans un sourire : « Qu'est-ce qui a changé, depuis la dernière fois ? »

Devais-je taire ma pudeur, me laisser couler à gros sanglots sur son bureau ? Jamais ! Pourtant, à chaque fois, j'avais envie de lui dire que je me rapprochais un peu plus de cette fin ultime, celle qui nous emporte dans des nuages et vers un Dieu que je connaissais encore moins que lui. J'avais envie de lui exprimer toute cette détresse qui me faisait courber la tête à chaque pas. Je ne sus pas, à cet instant, si c'était ma voix qui avait sorti un « ça va », à peine audible. Et pourtant, la pièce ne me renvoyait que deux ombres, il s'agissait de mon esprit.

Pourquoi m'avait-il trahie ? Pourquoi ne voulait-il pas s'en sortir ? Moi j'avais envie de sourire et de rire à nouveau, alors pourquoi mentir ? « Enfin, non ! Ça ne va pas ! » entendis-je à nouveau de manière beaucoup plus sûre. *C'est bien* ! pensai-je.

Les questions se mirent alors à fuser dans une analyse que je peinais à suivre à certains moments. J'acquiesçai sans conviction et sans bataille. Depuis de longs mois, l'abdication était de mise. Quand, parfois, la vie voulait bien me paraître un peu plus jolie que d'habitude, il m'arrivait de lui sourire et de répondre amusée aux quelques blagues caustiques qu'il prenait plaisir à parsemer dans ses discours. Je ressortais toujours de ce moment, de cet instant, un peu plus gonflée, un peu plus prête, un peu moins branlante et je me disais que le temps de retrouver le ciel pouvait encore attendre. Au moins jusqu'à la prochaine fois, jusqu'au prochain rendez-vous, où quelqu'un voudrait enfin analyser ma merde et en faire des châteaux de sable en m'assurant que c'est rassurant et agréable à regarder.

Le soir du Vernissage était arrivé. Je n'avais pas eu de nouvelles d'Hugo depuis quelques semaines, mais Agathe m'avait gentiment rappelé qu'elle m'attendait pour ce moment. Je savais que j'allais le revoir et j'étais un peu mal à l'aise. Elliot était revenu la veille et je n'avais pas vraiment envie qu'il m'accompagne ; je savais qu'il me serait difficile de cacher mon malaise. Saurais-je regarder Hugo en face avec mon mari au bras ? En même temps, j'avais tellement partagé son lit qu'il n'y avait rien de plus, enfin juste un petit extra, pas de quoi non plus en faire toute une histoire. Combien voyait-il de femmes, lui, pendant ses absences ? Combien défaisait-il de lit pendant qu'il me laissait toujours un peu plus seule m'enfoncer vers une solitude que je n'arrivais pas à adopter, à laquelle je n'arrivais pas à m'adapter.

Dans la voiture, je tordais mes doigts à plusieurs reprises quand Elliot insistait pour savoir comment j'avais connu cette jeune artiste. Je n'avais pas encore osé lui avouer que c'était une amie d'Hugo et que je l'avais donc revu par la même occasion.

Et pas que,… mais ça, il vaut mieux le garder pour toi, me disais-je.

Néanmoins, je fus obligée de prendre mon courage à deux mains pour lui avouer la vérité. C'était primordial.

Il me restait dix minutes avant d'arriver au vernissage… Comment débuter ? Je me lançai.

— Tu sais, lors d'une soirée, Bertrand avait dit qu'il avait recroisé Hugo…

— Où ? me demanda-t-il en me dévisageant.

— Et bien, je l'ai croisé tout à fait par hasard, alors qu'il était accompagné d'Agathe et Benoît, son mari. Nous sommes allés boire un verre ensemble, tous ensemble, insistai-je. Et elle m'a invitée à venir découvrir son style.

— Donc, Hugo sera là ? me dit-il dans un regard noir, oubliant un instant la route qu'il devait maîtriser.

— Sans doute, il prend des photos, il est photographe maintenant.

— Toujours aussi instable ! Et il sera seul ?

— Je n'en ai aucune idée, dis-je sans très grande conviction.

Si Hugo avait quelqu'un dans sa vie, il me l'aurait dit.

Le reste du voyage se fit dans le plus grand silence, comme souvent lorsque nous étions ensemble. C'était une habitude, ce mutisme. Un désert glacé, entêtant, comme une règle presque audible qui devenait coutumière.

Sur les lieux, peu de monde pour l'instant, mais une Agathe rayonnante dans sa tunique rouge. Elle était magnifique, légère et souriante. Elle nous attrapa par le bras, comme-si elle nous avait toujours connus, et nous présenta ses œuvres, tantôt les expliquant, tantôt se taisant pour nous laisser admirer.

Elle avait du talent. Ses peintures étaient vivement inspirées de Charlotte Salomon. Dans les traits, les couleurs, on reconnaissait l'influence. On pouvait sentir une fragrance d'huile ce qui hypnotisait encore plus cet instant artistique. Elle exposait une trentaine de toiles dans un style similaire, dans son style coloré et flou, avec une empreinte personnelle, épurée et mélancolique.

La salle commençait à se remplir quand je vis Hugo arriver avec une jeune femme à son bras. Celle-ci me mit tout de suite mal à l'aise. Elle était jeune, belle et bandante. Je ne sais depuis combien de temps durait leur histoire, mais Agathe et Benoît avaient l'air de la connaître. Suffisamment bien, en tout cas, pour lui sourire et la faire rire. Elle connaissait les toiles d'Agathe.

Avait-elle déjà été invitée à d'autres vernissages ? Était-elle dans la vie d'Hugo depuis longtemps ? Les questions qui m'assaillaient la tête me firent rougir. Était-ce de la jalousie ou de l'incompréhension ? Sans doute un peu des deux, il m'avait tout dit de lui, il s'était épanché sur mon épaule et là, il se pavanait avec une pouffe, sans même un regard à mon égard.

Au cours de la soirée, l'alcool aidant, les langues se délièrent et nous fîmes la connaissance de personnes intéressantes, notamment d'un monsieur d'un certain âge qui répondait au prénom d'Augustin. Il devait approcher les soixante-dix ans au vu de sa démarche pénible, bien qu'assurée. Agathe, quand elle le vit, vint l'embrasser tendrement. On sentait dans son regard beaucoup d'admiration et beaucoup d'appréhension à l'idée de lui faire découvrir son travail. De la relation qui les unissait, émanait un grand respect mutuel. Elle n'osait l'attraper par le bras, comme elle le faisait avec les autres personnes qu'elle côtoyait un peu, qu'elle connaissait bien. Pourtant, une complicité était visible ; ils se connaissaient.

Je les observais d'un œil lointain, perdu dans un vide qui m'envahissait à chaque pas plus dur à poser, quand une forme vint à ma rencontre. C'était Hugo qui était devant moi, avec miss « forte poitrine ». Il me la présenta, elle s'appelait Madeleine. Elle connaissait mon existence, j'ignorais la sienne.

Elliot vint de suite nous rejoindre, par peur de cette trop forte complicité qui nous avait unis un jour très… lointain ! Il serra une main franche à Hugo en le regardant dans les yeux. Nous échangeâmes deux, trois paroles anodines, comme des amis qui avaient oublié qu'ils s'étaient connus, quand Benoît arriva. Se penchant sur l'épaule d'Hugo, il le supplia de prendre quelques clichés avec Augustin. Il savait qu'Agathe apprécierait ce geste. Hugo s'exécuta et nous laissa face à Madeleine et son sourire sans faille. À mon avis, elle n'était pas au courant de tout... Elle nous raconta sa vie et sa rencontre avec Hugo. Je compris que leur histoire durait depuis quelques mois déjà.

Au bout de quelques heures à parler et à boire, admirer et sentir la création, je commençais à fatiguer et j'avais envie de rentrer. J'en avisai Elliot qui parlait « livres » avec une jeune femme tout aussi bandante que Madeleine. Il s'éclipsa un instant aux toilettes, et je sentis une main sur mon épaule. Je me retournai et je fus éblouie par le flash d'Hugo qui rigolait de sa blague.

— Sans ton accord, je n'aurais jamais réussi à avoir une photo de toi !

Je ne répondis rien.

— J'aurais dû te dire pour Madeleine. C'était le début quand on s'est revu, je n'ai pas trouvé le moment idéal.

— Peut-être après avoir couché avec moi ?

Il ne répondit rien. Elliot nous avait retrouvés et je partis sans un regard Il faisait sa vie, j'avais la mienne, et je devais m'en contenter. Sur le trajet du retour, Elliot était bavard. Il me parlait d'Hugo, et moi, je n'avais plus envie d'en entendre parler. Puis, je me souvins qu'il avait proposé une invitation…

— Pourquoi tu as eu besoin de les inviter chez nous demain ?

— Je pensais que cela te ferait plaisir !

— Tu parles… Recevoir Miss sourire à la maison ! Quelle joie !

— Tu n'es jamais contente.

Je fermai les yeux et fis semblant de dormir. Il me laissa tranquille. Enfin…

16

Tout est bien qui avance mal

Quelques mois avaient passé depuis sa rencontre avec Hugo. Petit à petit, Madeleine avait envahi son espace de ses vêtements et de sa fragrance. Ils vivaient en harmonie tous les deux à l'écart du monde. Elle préparait sa dernière année de droit et à l'issue, elle deviendrait avocate. Elle avait hâte d'en finir avec les études et les petits boulots alimentaires. Depuis Hugo, elle avait rendu son appartement, sa chambre de bonne et vivait chez lui.

Il avait, à plusieurs reprises, insisté pour que j'abandonne ce travail de serveuse, mal payé, mais je ne voulais pas vivre à ses crochets. De plus, notre relation démarrait et était idyllique comme tous les débuts mais si le ciel s'obscurcissait en cours, il me faudrait un plan B. Je n'avais jamais été du genre à me plonger tête baissée dans une relation et je savais souvent rebondir quand je sentais le vent tourner. Cependant, Hugo me possédait anormalement et j'aimais être à lui toute entière. Ce n'était plus un secret, ni pour lui, ni pour moi. Nous nous aimions. Il était attachant et doux mais aussi très investi dans son travail. Il avait repris ses dessins, délaissés depuis trop longtemps à son goût. Le soir, quand je m'évadais de mes cours qui me donnaient parfois la migraine, j'aimais l'observer, penché sur son travail..

Ce soir-là, je devais l'accompagner à un vernissage d'Agathe. Pas en tant que serveuse, mais comme compagne. J'étais fière qu'il m'accueille dans son espace. Je réfléchissais à ma tenue. Par ce temps froid, une petite robe en laine, un peu décolletée ferait l'affaire. J'avais changé jusqu'aux vêtements que je portais. Il me donnait des ailes et une confiance en moi, sentiment tout nouveau qui avait du mal à rester ancré dans mon esprit.

Nous étions donc en train de nous préparer et je vis dans la glace un visage livide que je ne lui connaissais pas. À plusieurs reprises, il repoussa mes avances de réconfort. J'insistais peut-être un peu trop, car au bout d'un moment, il se tourna vers moi et les yeux injectés de sang, attrapa mes poignets.

— Quand je te dis de me laisser, tu me laisses, ok ?

Sa voix avait changé, son regard était noir. J'essayais d'enlever mes poignets de son étreinte maladroite et violente, mais la force qu'il employait pour les tenir était bien trop forte pour moi. Je capitulais, le regard plein d'effroi face à un Hugo que je peinais à reconnaître. Il me faisait peur.

— Tu me fais mal aux poignets ! S'il te plaît, lâche-moi !

Il desserra lentement ses doigts tout en continuant de me regarder droit dans les yeux. Il me faisait vraiment peur, mais je n'osai lui dire. Je sus à cet instant qu'un mot de trop pourrait le plonger dans « je ne savais quel état », qu'il pourrait être amené à regretter par la suite.

— Excuse-moi ! dit-il en me serrant dans ses bras et en m'embrassant la nuque.

Je ne voulais pas qu'il me touche, je ne connaissais pas cet étranger. Il attrapa ma tête dans ses mains et je fus paralysée. Cependant, son regard avait changé. Je reconnus l'homme que j'avais rencontré et que j'aimais. Je me laissai amadouer par ses belles paroles et me laissai convaincre que j'étais allée trop loin pour qu'il s'énerve ainsi. C'est vrai que j'avais cette tendance à insister, ce qui pouvait horripiler et agacer fortement les personnes qui partageaient ma vie. Je reconnus mon erreur et je vins m'excuser auprès de lui.

— Je n'aurais pas dû.

Je ne voulais pas le perdre.

Il accepta mes excuses sans souffler mot, mais avec son sourire et sa barbe taillée de quelques jours que j'aimais tant, je capitulais car je l'aimais.

Il me parla alors d'une certaine Mathilde, une amie d'enfance visiblement, qui était revenue dans sa vie peu de temps après notre rencontre. Il était mal à l'aise, gêné et se frotta la nuque à plusieurs reprises. Je compris alors que ce n'était pas une simple « amie », mais je feignis l'indifférence. Je tenais à mes poignets mais encore plus à lui.

J'appris donc que j'allais la rencontrer. Je forçai un peu sur le maquillage et allongeai mon décolleté.

Que la meilleure gagne ! pensais-je.

Alors que je me parfumais, il m'observait depuis l'encoignure de la porte. Je fus surprise de voir son regard perdu et triste.

— Qu'y-a-t-il ? lui demandai-je

— Rien. Tu es superbe, me dit-il en m'enlaçant.

Son geste fut oublié en quelques instants. J'étais prête à affronter la soirée et cette Mathilde.

Quand nous arrivâmes, je la reconnus au premier coup d'œil. D'une part grâce à la description qu'il avait bien voulu m'en faire dans la voiture, mais également grâce aux regards en coin qu'elle lui avait lancés à plusieurs reprises. Je n'avais plus de doutes, elle avait compté pour lui. Peut-être comptait-elle encore ? Elle paraissait jeune, mais fatiguée la Mathilde. Ce genre de beauté creusée, avec des cernes sous les yeux, un peu mystérieuse et énigmatique. Je commençais à connaître Hugo et je savais qu'il en pinçait pour ce genre de femmes.

Les présentations faites, j'essayai de garder mon sang-froid et ma présence pour lui faire comprendre qu'elle n'était en rien un danger pour moi, pour nous. Mathilde me sourit sans se forcer, à côté d'un mari grand et fin qui me dévisageait, un peu soucieux, mais manifestement soulagé de ma présence. J'ignorais l'étendue de cette relation entre les deux, mais je compris dans le regard du mari de Mathilde qu'elle existait ou avait réellement existé.

Hugo me laissa seule face à eux. Il fallait meubler. Heureusement, j'avais de la répartie. J'essayais de garder la tête hors de l'eau alors que Mathilde coulait de plus en plus. Je la laissais se noyer. Après tout, je ne lui devais rien. Son mari était plus éloquent. Lorsqu'Hugo fut de retour, il nous invita à venir prendre l'apéritif le lendemain, insistant sur le fait que tout le monde serait là. Visiblement, il n'en avait pas avisé sa femme qui pâlit, comme Hugo. Je ne sus quoi répondre. Hugo finit par accepter d'une voix à peine audible.

Alors que la soirée touchait à sa fin, je vis Hugo échanger quelques mots avec Mathilde. Ils n'étaient que deux, et je ne réussis pas à entendre ce qu'ils se disaient. Je les sentais encore une fois gênés et Mathilde, un peu agacée. Son mari la rejoignit et ils partirent sans même se dire au revoir. Il faudrait que je me gonfle pour demain, la soirée promettait d'être belle…

Une fois dans la voiture, j'eus envie d'en savoir davantage sur la relation qu'ils entretenaient tous les deux. Ma question tomba dans un puits sans fond, car je n'obtins aucune réponse du conducteur… Si bien que je me penchai davantage pour écouter ce voisin aphone.

— C'est mon amie d'enfance ! dit-il dans un soupir, une sorte de râle.

— Vous avez l'air proches, pour des simples amis, rétorquai-je, suspicieuse.

— Oui, nous le sommes. Et si ça ne te plaît pas, tu peux prendre tes affaires et dégager de mon appart !

Ces propos me mirent hors de moi ! Arrivés à un feu rouge, j'en profitai pour descendre de cette voiture et continuer à pieds. Il m'envoya plusieurs coups de klaxon dans les tempes en roulant à ma hauteur afin que je m'arrête. Je n'en fis rien, je l'ignorais.

— Arrête-toi ! hurla-t-il, en se penchant pour que je l'entende mieux.

Comme je continuais de l'ignorer, il accéléra un grand coup dans une fumée qui me fit tousser et se gara en travers du trottoir. Il descendit de la voiture et en arrivant à ma hauteur, il m'attrapa violemment le bras et me jeta dans la voiture. Il ferma la portière dans un bruit de fracas et démarra en trombe. Il brûla quelques stops et feux rouges et une fois la voiture garée devant chez lui, sortit me laissant en plan. Je regardai mon bras qui portait les traces de ses doigts. J'éclatai en sanglots. J'étais totalement impuissante.

J'entrai à mon tour, doucement, dans l'appartement. Il était assis dans le fauteuil, la tête dans les mains. J'attrapai un grand sac, afin de me sauver de cet endroit au plus vite. Il me barra la route quand il comprit que je fuyais. Je ne savais pas quoi dire pour ne pas le contrarier.

— Je vais dormir ailleurs, j'ai besoin d'air !

— Tu restes ici ! Je ne t'ai pas autorisée à me quitter ainsi, j'ai besoin de toi ! me dit-il dans un sanglot.

— Laisse-moi passer, tu me fais peur, lui dis-je, complètement paniquée.

— Je t'en supplie, je t'en supplie. Pardonne-moi ! Je ne suis rien sans toi, j'ai besoin de toi. Si tu pars, je ne suis plus rien ! me suppliait-il, à genoux désormais, s'agrippant à ma robe.

Je ne savais plus quoi faire, il paraissait si faible, si malheureux. Il me fit douter de ce qui venait de se passer, de ce qu'il avait fait. Avais-je rêvé ? Avait-il été capable de tout ce que j'avais en tête ? Était-ce le fruit de mon imagination ? Je ne savais pas, je ne savais plus. Je m'effondrai dans ses bras. Il me porta jusqu'au lit où nous nous endormîmes l'un contre l'autre avec nos vêtements.

En me réveillant, je ne savais pas si mes souvenirs me jouaient des tours, ou si quelqu'un m'avait vraiment balancée dans une voiture. Sous la douche, la marque sur mon poignet me rappela que je n'avais pas rêvé. Je fus accablée de recouvrer mes esprits et de comprendre la vérité. Mes larmes se mélangèrent à l'eau de la douche qui coulait sur mon visage et je ne pus les arrêter pendant un long moment.

17

Une seconde jeunesse ?

Il fallait qu'elle s'active. Tout le monde allait arriver et Mathilde n'était pas prête comme d'habitude. Raphaël courait d'un bout à l'autre de la cuisine en chantant et Elliot l'aidait à mettre la table. Tout le monde était présent pour cette soirée. Même Jean et Anouk avaient pu se libérer.

J'étais contente. Nous allions nous replonger dans un passé pas si lointain ; mais, en entendant mon fils hurler parce qu'il venait de se cogner à la porte mal fermée du réfrigérateur, je compris que rien ne serait jamais plus comme avant. Bertrand et Joël furent les premiers à arriver, avec trois bouteilles de vin blanc.

— Tu comptes te saouler chez moi ? lui dis-je en l'embrassant.

— Oui, car nous fêtons quelque chose, ce soir !

— Alors tu aurais pu ramener du champa…

Je n'eus pas le temps de finir ma phrase que Joël me montrait son butin ! Deux bouteilles de champagne remplissaient ses mains. Je lui souris en l'embrassant.

— Si tu trouves de la place dans le frigo…

Ça c'était Elliot. Le côté pratique, ça ne pouvait être que lui. Il appliquait de la pommade sur le pseudo bobo de Raphaël.

Oubliant les soins que lui prodiguait son père, il se jeta dans les bras de mes amis. Comme à leur habitude, ils le remplirent de cadeaux et de baisers.

Jean et Anouk furent les suivants à arriver, suivis de près par Édouard et Claire, et surtout Victor, que Raphaël attendait patiemment pour jouer avec lui. Ils avaient quelques mois d'écart et s'entendaient à merveille.

Nous nous installâmes autour de la table, où deux places furent laissées vides. Je les laissais mariner un peu, avant de leur annoncer la visite d'Hugo et Madeleine, sa compagne. Édouard me lança un regard interrogatif. Je fis mine de rien pour ne pas piquer un fard devant tout le monde. Les remarques allaient bon train sur le physique de la compagne d'Hugo. Ils rigolaient et blaguaient, quand Elliot les sortit de leurs railleries en faisant une description très élogieuse de cette dernière. Je le regardai d'un regard noir, ce qui fit sourire Édouard, qui en profita pour m'envoyer une moue discrète.

Soudain, la sonnette suspendit nos rires ; tout le monde était intrigué de revoir ou rencontrer ces deux amis. Le silence se fit dans l'assemblée quand ils entrèrent. Jean et Édouard vinrent à la rencontre d'Hugo, ils étaient réellement contents de le revoir. Mis à part cette forme féminine, tout était redevenu comme avant, nous étions tous ensemble autour de cette table.

Les présentations étaient faites. Ce nouveau couple rayonnait dans mon salon, et je devais cacher mon désarroi. Je pris prétexte d'une autre bouteille pour m'éclipser en cuisine.

— Tu aimes le risque !

Je me retournais sur Édouard.

— Ce n'est pas moi qui ai choisi de l'inviter, figure-toi !

— Elle est pas mal, sa copine. Combien de temps pour celle-ci ? dit-il dans un sourire.

— Tes propos sont indécents, Édouard ! Peut-être qu'il a enfin trouvé la bonne !

— Il était déjà avec elle, quand vous avez couché ensemble ?

— Tu veux bien le crier plus fort ? Tu vas mettre au courant tout le monde ! Visiblement, oui, ils étaient déjà ensemble.

— Pourquoi ? Elliot n'est pas au courant ? dit-il en s'éclipsant.

Je restai un moment seule dans la cuisine, les pensées dans le vide. Bertrand vint me tirer de mes songes.

— On aimerait une bouteille non réchauffée par tes petits doigts, Mathilde ! dit-il en attrapant la bouteille.

— Oui, excuse-moi.

— Tu penses à la chance que tu as laissé passer ? Mais, ne t'inquiète pas. Ça ne durera pas. Il faut voir les œillades qu'il te lance. Il est toujours amoureux de toi !

— Nous n'avons jamais été amoureux l'un de l'autre.

— L'amitié entre garçon et fille, ça n'existe pas.

— Ah bon ! Alors, nous ne sommes pas amis ?

— J'aime les hommes, c'est différent !

— Mais Édouard aime les femmes, lui ! Revois ton analyse, c'est bidon ! lui dis-je, un sourire en coin en repartant dans le salon.

Madeleine s'était accaparée toute l'attention. Elle était vraiment jolie et si je n'avais pas envie de la détester, je pense que j'aurais envie de l'adorer. Elle était intelligente et pétillait de fraicheur. Je devais me faire une raison ; il avait trouvé la bonne.

Comme moi le bon… ? Je me tournai vers mon mari qui parlait livres avec Jean. Ils s'étaient lancés dans un grand débat littéraire, et Anouk n'était jamais en reste quand ils débutaient ce genre de conversation. Eux aussi s'étaient trouvés. Je pense que tous, autour de cette table, avaient trouvé leur double.

Cette pensée vint m'oppresser alors que je faisais tourner mon alliance autour de mon doigt. Je levai les yeux et croisai le regard d'Hugo. Il enfouit ses yeux noirs dans les miens, je crus un moment qu'il était en train de me déshabiller. Cette idée me fit rougir et me déstabilisa. Je m'éclipsai une fois de plus dans la cuisine afin d'apporter quelques toasts. En fermant la porte du réfrigérateur, je tombai nez à nez avec lui. J'étais mal à l'aise, je me reculai jusque la table.

— Je ne vais pas te sauter dessus, me dit-il. Ai-je été si minable ?

— Il n'y a que cela qui vous intéresse, vous les mecs, savoir comment on a perçu votre troisième membre ?...

— Comment tu trouves ma moitié ?

Le terme moitié me troubla... Comment pouvait-il me balancer à la tête son bonheur de la sorte ?

Je compris qu'il cherchait à me provoquer pour que je lui avoue mes sentiments à son égard. Il me prenait pour une débutante ? Ça avait failli marcher, mais je n'étais pas encore réduite aux supplices. Je pouvais rebondir.

— Elle est parfaite ! Essaie de la garder, celle-là ! lui dis-jc, sur un ton encore plus provocateur.

— Je trouve aussi, et j'en ai bien l'intention.

— Dans ce cas, pourquoi avons-nous couché ensemble ?

— Je ne sais pas, un moment d'égarement, sans doute !

— Un moment d'égarement, c'est tout ce que je t'inspire ?

J'avais dit ces paroles un peu trop fort et Elliot qui ne me lâchait jamais plus de deux minutes, vint me trouver dans la cuisine !

— Il y a un souci ? nous demanda-t-il.

— Aucun ! dis-je, hors de moi en regagnant le salon.

Hugo revint s'asseoir en face de moi, et très discrètement, tapota sur son clavier quelques instants. Je sentis alors mon portable vibrer. Je le sortis à mon tour et je lus : « 1 – 0 ! »

Je levai les yeux vers lui. Il me regardait en souriant. Je lui rendis son sourire.

Ce jeu *1-0* avait été inventé en seconde. Nous nous donnions des défis et il fallait réussir notre manche en cinq coups. Celui qui réussissait, gagnait le droit d'imposer un gage à l'autre. Je me souviens, à cette époque, tous les garçons hideux que j'avais dû embrasser à cause de ce jeu… Rien n'avait changé ! Je me sentis alors envahie d'une grande nostalgie, mais une bonne nostalgie, celle dans laquelle on peut puiser quand on se sent perdu, quand on se sent dépourvu.

Je m'endormis ce soir-là avec le sourire. J'avais dormi pendant cinq années, mais je venais de me réveiller. Le prince charmant ne m'avait pas embrassée, mais avait fait vibrer mon portable. Bonjour la technologie ! Bonjour la vie !

Adieu la routine !

18

Venise

Ce soir-là, Madeleine était silencieuse dans la voiture. Hugo savait qu'elle lui en voulait de cette complicité avec Mathilde. Il la voyait malheureuse et ne savait pas quoi faire. Il était torturé entre cette jeune femme qui était entrée dans sa vie quelques mois auparavant, et Sa Mathilde qu'il connaissait par cœur…

Je repensai à la photo que j'avais trouvée par mégarde dans mes dessins, celle d'une Mathilde aimante, puis à ce mot écrit de manière anodine au dos d'un souvenir enfoui. J'étais perdu. Il fallait que je me laisse porter par la vie. Les vacances allaient arriver. J'allais passer du temps avec Madeleine qui m'aiderait peut-être à trouver des réponses.

Cette nuit-là, elle alla se coucher sans un regard à mon égard, sans un mot, sans un geste. Je savais qu'à cause de mon comportement, je pouvais la perdre. Saurais-je maintenant concevoir ma vie sans elle ? Avec Mathilde, rien ne pouvait se perdre, rien ne pouvait s'arrêter. C'était une histoire qui durerait toujours et bien au-delà. Il fallait que je choisisse. Que je fasse taire l'excitation de revivre nos jeux d'enfants.

Alors que je cherchais un voyage qui pourrait plaire à Madeleine pour les prochaines vacances, je tombai sur une publicité de Venise. En décembre, les manteaux seraient de mise, mais pourquoi pas ? Je cliquai, réservai et imprimai, afin de lui faire la surprise au réveil. Elle serait sans doute heureuse, peut-être même qu'elle m'aimerait davantage après cela.

La surprise eut l'effet escompté. Elle me sauta dans les bras et tomba en même temps du lit pour préparer une valise. Nous partions dans une semaine, elle avait envie de décoller de suite.

Durant cette semaine, elle ne fit que me parler des lieux et des restaurants à visiter, à savourer. Elle avait acheté le guide du routard et étudiait la carte avec ardeur. Elle adorait voyager. Je pense que j'avais visé juste. Je me sentais certes un peu coupable pour Mathilde, mais j'avais fait mon choix ; il fallait assumer. Je ne répondais que de manière très distante à toutes ses avances vibrantes. Elle finit par ne plus m'écrire. Nous perdîmes une fois encore le contact. Pour combien de temps ? Je l'ignorais mais je savais que la vie nous rapprocherait à nouveau. Il ne pouvait en être autrement. Elle vivait en moi.

***

Le jour tant attendu arriva. Le vol d'une heure et demie nous parut très court. On pouvait apercevoir cette presqu'île se dessiner sous nos yeux. Le paysage était magnifique, relevé par un soleil nous offrant ses plus beaux rayons, juste pour la scène, juste pour l'ambiance.

Les bagages récupérés, nous nous dirigeâmes vers les bateaux pour rejoindre l'hôtel situé dans le quartier de Dorsudoro.

Madeleine se fit aider par le conducteur pour monter dans le Vaporetto. Celui-ci aidait toutes les femmes à s'installer.

Puis les vacances commencèrent. Le soleil continuait de pointer son nez malgré quelques nuages. Nous traversâmes le grand canal, les yeux écarquillés, émerveillés par les palais vénitiens qui s'offraient à nous dans toute leur splendeur et leur indécence. Le pont du Rialto accueillait des milliers de touristes et restait droit et costaud, dans une candeur ingénue que seuls les grands peuvent développer.

Le bateau nous déposa dans une rue minuscule, près du musée Ca Rezzonico. Notre hôtel se situait à quelques minutes à pieds tout près de la campo San Barnaba. L'église qui trônait au milieu de cette place fut la première que nous découvrîmes réellement. Elle était magnifique et abritait alors, une exposition sur Léonard de Vinci. Sur la place toujours, des gens heureux aux terrasses des cafés, buvaient du vin blanc et du prosecco accompagnés de quelques chips. Le soleil du mois de décembre tapait déjà fort, et quelques téméraires enlevaient volontiers leur manteau pour ressentir les rayons de soleil sur leur peau.

L'hôtel était charmant, conforme à la description de notre guide. Nous nous installâmes dans notre chambre. Comme midi approchait, nous décidâmes de partir à la recherche d'un restaurant.

Les canaux étaient envoûtants. Nous passâmes sur les ponts pour prendre un peu de hauteur et observer davantage. Tout était magique. À force de marcher, sans même nous en rendre compte, nous nous retrouvâmes sur la campo San Margherita où nous commandâmes, pour quelques euros, la plus grande des pizzas. Sur un petit banc, à l'écart, nous admirions les touristes qui passaient devant nous, les oiseaux qui volaient et les fragrances de bonheur qui venaient me caresser le nez et me lançaient quelques frissons sur la nuque. Madeleine était belle, enveloppée dans son manteau d'hiver déboutonné. Les yeux fermés, elle se laissait envahir par la chaleur du soleil. Son teint resplendissait.

Nous nous promenâmes jusqu'à tard dans le dédale vénitien. Avec la nuit tombée, tout prenait une atmosphère étrange, d'un temps passé, oublié depuis des siècles. La magie de cette ville, c'était les canaux et l'absence de voitures. À ce moment de la nuit et grâce à cela, nous eûmes l'impression de faire un bond extraordinaire dans le passé.

Une fois à l'hôtel, Madeleine se déshabilla et m'étreignit doucement. Dans un souffle presque inexistant, comme notre histoire, qui n'était pas réelle, elle me demanda de lui faire un enfant. Alors qu'elle était entrée depuis quelques mois dans ma vie, sceller notre union par un bébé me parut magnifique ! Je ne pus que lui accorder un *oui* divulgué par le même souffle. Cette nuit-là, j'eus l'impression qu'il fallait que j'apprenne à grandir car ma vie allait changer pour toujours.

19

Désillusions

Après ce soir-là et cet échange sommaire dans la cuisine, elle eut envie de croire encore en la vie. Était-ce possible que rien ne change, même après des années ? Que les gamins qu'ils étaient puissent avoir veillé tout ce temps et avoir envie de se réveiller là à cet instant en se criant qu'ils reprenaient la danse, la vie ? Mathilde était persuadée que tout était possible…

Seulement, les messages d'Hugo ne vinrent pas continuer leur course dans un jeu dont nous seuls, avions les règles. Peut-être avait-il changé ? Je tentai à plusieurs reprises de l'éveiller de mes vibrations, de mes sourires, de mes colères, mais rien ne changeait. Des messages froids et sans aucun intérêt étaient laissés sur ma messagerie.

Au bout, de quelques temps, sans même avoir envie de comprendre ce qui se passait, j'arrêtai cette correspondance à sens unique pour reprendre ma vie dans sa solitude ordinaire.

À cette époque, Elliot avait cessé ses déplacements. Il était plus présent et avait même proposé des vacances au ski afin *de faire plaisir à Raphaël.* Était-ce un moyen détourné de reconstruire quelque chose entre nous ? Pouvait-on rebâtir du solide avec de vieilles pierres usées ? La réponse était oui, mais il fallait en avoir envie et s'en donner les moyens.

Il me proposa donc de partir en Haute-Savoie, dans une petite station de ski qui s'appelait Habère-Poche. Je ne connaissais pas ce village, ni cette région. Je n'avais jamais fait de ski, mais face à l'entrain et l'engouement de Raphaël, je fus obligée de capituler. Je me sentais un peu coupable de partir en vacances sans Hugo, mais c'est en croisant Joël à la librairie où je venais faire un petit stock de livres pour mon départ, que j'appris que de son côté, il emmenait sa belle à Venise. Je compris que tout était perdu et j'eus envie de rendre les livres, d'annuler mes vacances et m'enfermer dans un mutisme de plusieurs siècles. Mon ami me regarda un peu gêné.

— Tu n'étais pas au courant ?

— Je n'ai plus de nouvelles d'Hugo, dis-je, en feignant l'indifférence.

Il enchaîna sur les propositions de livre à lire, sentant bien qu'il avait commis une erreur.

Quoi de plus naturel que de partir à Venise quand on s'aime ?

Après avoir embrassé mon ami, j'errai dans la ville me demandant ce que je venais faire là. Ce que je m'apportais et ce que j'apportais à mon entourage. Il fallait vite que je trouve une raison de ne pas me jeter sous la première voiture. Mon portable vibra alors. Je devais aller rechercher mon fils à son cours de piano. C'était une raison valable, sûrement la plus valable des raisons !

Mon fils… Je levai les yeux vers un Dieu qui n'existait pas et lui lançai un merci. Il n'existait pas, mais il venait de me sauver la vie.

Durant la semaine qui nous séparait du grand départ, Raphaël fut insupportable. D'une part, son père était là et ça le rendait euphorique. D'autre part, il était excité à l'idée de découvrir la neige, le ski, la montagne.

Quand le départ arriva, je ne fus pas mécontente de rouler de nuit, bien que Raphaël, derrière, ne s'endormît pas immédiatement et nous posait mille questions. Nous allions arriver tôt le matin et devions récupérer les clefs chez les voisins, les propriétaires du chalet habitant une autre région.

Les huit heures de route me parurent courtes. Raphaël qui avait fini par dormir, était encore dans les bras de Morphée quand nous descendîmes le chemin enneigé qui nous conduisait au chalet du Col-de-cou. Nous découvrîmes d'abord la vue qui nous éblouissait depuis la terrasse. La plus belle du village, sans aucun doute. Le soleil se levait sur les pistes de ski, et en contrebas, on pouvait admirer un village qui se réveillait doucement. Je fus envoûtée par les lieux. Rien que la vue et la terrasse étaient un enchantement. L'intérieur du chalet était décoré avec goût, le bois qui flambait dans la cheminée accentuait ce côté rassurant et chaleureux.

Nous posâmes nos valises, persuadés que la semaine serait calme et reposante. Alors que nos bagages se défaisaient doucement, Raphaël formait des bonhommes de neige et nous appelait afin que nous admirions ses œuvres à chaque fois qu'il posait une boule supplémentaire.

Il fallait faire des courses pour remplir le réfrigérateur. La route qui nous menait jusqu'à la grande ville, Thonon-les-Bains, était faite de lacets et de grands arbres. Au loin, sur le chemin, on pouvait apercevoir le lac Léman, que les rayons de soleil faisaient scintiller. Le spectacle était splendide, la région était magnifique.

Les courses faites, nous décidâmes de manger sur place, dans un petit café, *le milord*, place des Arts. La carte aussi y était fabuleuse. Pour la première fois depuis des années, j'avais l'impression de reconstituer une famille, de ne plus être orpheline d'un foyer chaleureux et aimant. Je surpris Elliot à me regarder. Il me sourit et déposa un baiser sur ma joue, ce qui fit rire Raphaël.

La journée avançait et la fatigue de la route se faisait sentir. Cependant, Raphaël insistait pour descendre au lac et peut-être y croiser des cygnes et des canards. Nous nous promenâmes donc dans une petite rue piétonne à la recherche d'un funiculaire qui pouvait nous emmener là-bas. La vue d'en haut était superbe, mais elle l'était tout autant en bas.

Les terrasses des cafés, délaissées au profit d'une chaleur diffusée en intérieur, parsemaient leur nostalgie estivale sur les quelques trottoirs qui nous conduisaient au lac. L'odeur d'iode, comme à la mer, vint nous chatouiller les narines, et soudain la fatigue se fit oublier pour nous laisser porter par le vent et les flots.

Le soir, le petit endormi, nous nous serrâmes à côté de la cheminée, tous les deux perdus dans quelques pensées.

C'est à ce moment que tu m'as refait l'amour et que j'ai cru possible de pouvoir repartir avec toi. Une lueur d'espoir, un peu trop d'optimisme. Ce fut une erreur, car la vie nous avait consumés et l'amour nous avait oubliés. Nous l'avions laissé filer tous les deux dans ce labyrinthe difficile, qui n'épargne rien, ni personne. Peut-être aurions-nous dû en prendre davantage soin, l'enfermer dans une boîte et jeter la clef afin qu'il nous reste à tout jamais.

20

On pardonne l'impardonnable ?

Quelques mois plus tard…

Il savait qu'il allait faire une connerie en montant quatre à quatre ces escaliers. Il se rappelait son père, il lui ressemblait, il se détestait. Mais Hugo ne pouvait rien faire, il ne pouvait pas se contrôler. Elle l'avait énervé, il était hors de lui. Qu'est-ce qu'il lui avait pris de lui parler comme ça ? Elle le cherchait, c'était de sa faute. Elle était enceinte, ça ne lui donnait pas tous les droits. Elle lui devait le respect, il ne supportait pas quand elle lui en manquait…

Je devenais fou, j'avais envie de tout exploser. Déjà ma main avait trinqué quand je l'avais cognée violemment sur le volant. Mon petit doigt saignait. Peu m'importait, je ne ressentais aucune douleur, ni physique ni mentale. Il fallait que je sorte cette haine qui m'habitait à cet instant. Je ne pouvais pas la garder, il fallait qu'elle comprenne, qu'elle fasse attention car la provocation n'apporte rien de bon. Elle allait le comprendre.

Entrant dans notre appartement, je la cherchais du regard comme un loup guettant sa proie, j'attrapai la coupelle de fruits et l'envoyai s'exploser contre le mur. Elle arriva, l'air exténué, en râlant. Elle m'attrapa le bras violemment et je n'entendais plus sa voix qui ne faisait que me réprimander. Elle criait trop fort, ses yeux étaient ronds, plein de fureur à mon égard.

Elle me cherchait encore ? Elle n'avait pas compris ! Était-ce une insulte que je venais d'entendre ? Cette fois c'en était trop. Moi, fou ? Non, je ne l'étais pas ! Elle pouvait mesurer ses propos.

J'attrapai sa main qui me touchait le bras et la fit valser contre l'étagère. Son dos cogna et elle tomba recroquevillée.

Mon dieu, mon bébé.

Elle portait mon bébé. J'étais un monstre à cet instant. Je m'approchai d'elle pour la consoler, pour oublier, pour avancer. Son regard n'était plus noir à mon égard. Elle avait compris, ça avait marché.

Au moment où j'allais la toucher, elle alla se recroqueviller dans un coin, en pleurant. J'avais envie de la cajoler et de lui dire que maintenant, tout était passé, mais elle détourna sa main de la mienne et me lança un regard de peur, d'effroyable peur.

Pourquoi était-elle comme ça ? Était-ce encore de la provocation ? Voulait-elle encore me faire passer pour le méchant ?

J'eus envie de briser ces petites dents que j'avais tant aimées. À cet instant, à nouveau, je ne l'aimais plus, je la détestais. Elle était intouchable avec ce regard de femme faible à qui on pardonne tout. Mais je n'allais pas lui pardonner aussi facilement de m'avoir manqué de respect et de me rappeler que j'étais un monstre. C'était elle, la coupable, il fallait qu'elle arrête de se victimiser. J'attrapai une chaise et la lui lançai. Elle fut touchée au front. Dans un élan, physiquement presque inhumain, elle se leva avec hâte et se précipita vers la chambre pour s'y enfermer, pour tenter de me fuir. J'arrivai à sa hauteur avant qu'elle ne réussisse à s'y réfugier. J'attrapai son cou de mes mains presque blanches et je serrai de plus en plus fort. À cet instant, je voulais en finir. Plus jamais de reproches, de haussements de tons et d'attitudes supérieures. Elle allait regretter de s'être frottée à moi. Sa voix déraillait, ses membres commençaient à ne plus résister et ses yeux se fermaient. Mon dieu, qu'est-ce que j'étais en train de faire ? Je la lâchai. Elle s'effondra par terre en toussant bruyamment. Ses pleurs terribles me ramenèrent à ma condition d'homme. D'homme faible et violent. Je lui assainis un dernier coup de pied dans le dos en guise d'adieu, tellement je me dégoutais, tellement elle était irascible parfois. Puis je partis, les laissant tous les deux gisant sur le sol. Qu'elle ne vienne pas pleurer, j'aurais pu faire bien pire. Je la détestais. J'aurais voulu ne jamais l'avoir rencontrée. Ne pas être là, à la chercher du regard. Jamais je n'aurais fait ça avec toi. Tu savais me calmer, jamais tu ne m'énervais.

Je pris ma voiture et la laissai me guider où elle le voulait. Je fus surpris d'arriver dans la rue de la maison de mon enfance. Tous les souvenirs me traversèrent l'esprit. Les bons comme les mauvais. Mais les mauvais prirent le dessus. Je revoyais mon père. Hargneux et violent. On se ressemblait. Je ne comprenais pas pourquoi j'avais eu ce besoin de haine envers Madeleine. Je savais qu'elle ne me le pardonnerait pas, que j'étais en train de la perdre mais j'espérais au fond de moi qu'elle m'accorde une seconde chance. Je descendis de la voiture pour marcher un peu dans ma rue. Le vent me glaçait les joues et cela me faisait du bien. J'aurais aimé à cet instant ressentir la douleur que je venais d'imposer à Madeleine, me l'infliger à moi-même. Lui éviter le pire, et fuir. Elle ne m'avait pas aimé pour cela, elle devait être heureuse et je ne savais que lui renvoyer de la douleur. Je cherchai dans mon portable son numéro. En vain. Mes yeux s'embrumaient de larmes, je ne voyais plus rien. Je m'effondrai comme un enfant sur la chaussée. Les dernières forces qui me restaient, celles que je n'avais pas utilisées contre celle que j'aimais, me permirent de me tirer jusque la chaussée. Je pleurais, je ne pouvais plus m'arrêter. Le vent me givrait les joues rosies par la haine et la peur. La peur d'être comme lui, moi qui avais tant prié au fond de mon lit pour ne jamais lui ressembler, pour ne jamais faire souffrir quelqu'un sur cette terre ! C'était vain. J'étais comme lui, une brute. Allais-je aussi frapper mon enfant ? Ne saurais-je m'arrêter quand il me regarderait les yeux plein de larmes, de honte et de peur ? Allais-je lui assener les coups que la vie m'avait portés ? Je ne savais plus réfléchir. Dans un élan, je pris mon portable et composai ton numéro. Il n'avait pas changé depuis toutes ces années. Je le connaissais par cœur. J'avais besoin d'entendre ta voix, que tu me berces, que tu m'emmènes, que tu m'emportes loin de celui que j'étais, loin de celui qui me faisait sombrer. Était-ce de ma faute ? Avait-elle exagéré ? J'étais perdu et il fallait que tu me prennes la main et que tu me guides. Que tu m'expliques ce qui était bien, ce qui était mal, ce que je devais faire maintenant.

Mes doigts tremblaient en composant ton numéro, mais je réussis à te joindre au bout de quelques sonneries. Ta voix vint m'apaiser dans la minute. Tu t'inquiétais pour moi. Tu sentais que j'allais mal, bien avant que je n'explose en sanglots dans le combiné. Tu me demandas où me retrouver et tu compris que le « chez moi » ne voulait plus dire dans l'appartement que l'on s'obstinait, Madeleine et moi, à rendre chaleureux, mais qui continuait à refléter la fadeur de notre relation.

Tu arrivas au bout d'une heure. Je n'avais pas bougé. J'étais paralysé, je me détestais. Tu t'arrêtas à mon niveau et tu te penchas pour ouvrir la portière afin que je puisse prendre place à côté de toi. J'étais en larmes, et toutes traces de virilité s'étaient estompées. Bien sûr, certaines femmes aimaient le côté sensible des hommes. Cependant, je savais que tu n'en faisais pas partie. Tu détestais la faiblesse et l'inaptitude. La passivité et l'incertitude. Un homme devait être droit et sûr de lui. Ne jamais faillir, toujours garder la tête haute et porter les siens dans n'importe quelle circonstance.

Tu ne méprisais pas complètement les hommes qui ne rentraient pas dans cette catégorie, et pourtant tu n'hésitais pas à leur lancer ton regard le plus noir. Je n'échappai pas à cette règle. Ton visage s'était tourné vers moi et de tes yeux émanaient un tel dédain à mon égard que je me sentis encore plus coupable et méprisable. Je ne pus m'empêcher de pleurer davantage, comme un enfant qui se fait gronder, qui ne sait pas quoi faire à part pleurer. Sauf que j'avais trente-cinq ans… Tu coupas mon sanglot dans un soupir profond et dis :

— Raphaël est derrière !

Je tournai ma tête vers le siège arrière et découvris une petite tête blonde, de quelques années, aux grands yeux noirs qui me regardaient l'air étonné, inquiet. J'avais envie de pleurer de plus belle. Je n'en fis rien. Pour la première fois de la journée, je pris la bonne décision et séchai mes larmes pour sortir un « bonjour » étouffé.

— Bonjour, dit Raphaël de sa petite voix d'enfant. Pourquoi tu pleures ? demanda-t-il d'un air donnant vraiment l'impression de se soucier de moi.

— Je n'ai pas été gentil, dis-je en regardant mes pieds.

— Tu t'es fait gronder alors ? dit-il, intéressé.

— Même pas…

— Qu'est-ce qui se passe ? demanda Mathilde, des couteaux dans la voix, tout en regardant dans son rétroviseur.

— Il faut que je te parle de tout cela, mais…

— Où est Madeleine ? demanda-t-elle, en m'ignorant de son regard noir.

— Je crois que c'est fini, dis-je, dans un long soupir.

Tu m'invitas chez toi, chez vous. Je me sentais étranger à cette vie que tu t'étais construite. Je te voyais, pour la première fois, femme forte et maman, gérant ton fils et tes responsabilités loin de ton mari absent. J'étais gêné d'avoir tant pensé à toi toutes ces années, alors que toi, tu avançais. Ton fils était beau et plein de vie. Ses petites bouclettes blondes tombaient sur un visage rond aux joues rouges. Il ressemblait terriblement à Elliot, mais avait quelques expressions de toi. Celles que j'aimais regarder, contempler, admirer, comme le petit pincement de lèvres que tu faisais si souvent quand tu étais gênée ou séduite. Tout au long de cette soirée, il me posa beaucoup de questions sur moi, sur nous, sur mon passé et sur « mon amoureuse ». Je répondais avec application à toutes, sans exception. Si les circonstances n'avaient pas été si graves, il aurait pu me faire sourire.

Je t'observais t'atteler à la tâche dans un rôle que je ne te connaissais pas. Tu étais belle, mais fatiguée. Des cernes mauves se dessinaient sous tes yeux bleus et tes gestes étaient plus lents au fur et à mesure que la journée avançait.

Quand Raphaël fut couché, nous nous installâmes sur ton canapé. Je n'avais rien réussi à avaler, à boire et les tentatives d'appels vers le portable de Madeleine avaient été vaines. Je m'inquiétais pour elle, je m'inquiétais quant à mon futur et notre bébé…

Tu ne me posas aucunes questions, tu me laissas déverser mon sac de déchets et de larmes. Quand je réussis à sortir la vérité, tu ne bougeas pas, tu ne soufflas mot. Ton silence était pire que des remontrances, pire que des blâmes ou des reproches. Ce silence, dans ce moment-là, ton soupir et tes yeux noirs me ramenèrent à ma condition d'homme faible et la culpabilité m'envahit de plus belle. Tu attrapas ton portable et composa un numéro. Tu t'éclipsas quelques minutes qui me parurent des heures, dans la pièce d'à côté, où j'entendais des bribes de voix douces.

Tu revins t'asseoir sans un regard à mon égard. Je préférai à cet instant que tu ne me regardes pas, car ce regard de mépris aurait achevé ma dignité d'homme trop faible. Dignité, je n'en avais plus aucune après ce que je venais de commettre.

Pire qu'une tromperie, j'avais abusé de la confiance de Madeleine et je l'avais marquée à tout jamais.

— Elle ne veut plus te voir.

Par cette phrase tu sortis de ton mutisme. Tu venais de la joindre, elle était à l'hôpital à cause de trop fortes contractions dues au choc de mes mains, de mes mots et de mon regard noir. *Elle ne veut plus te voir...* Cette phrase avec ta voix venait résonner dans ma tête, cognait dans ma boîte crânienne et j'avais l'impression de m'effondrer à chaque respiration. Mon cœur dérayait, je l'entendais battre dans mes tempes. Je crus qu'il allait me lâcher tant la douleur était forte. Tu ne bougeais pas, tu me laissais mourir sur ton canapé, sans un soutien ou un geste agréable.

— Tu attends quoi de moi ? Que je te dise que tout va bien aller ? Tu as dépassé les limites, celles que l'on n'oublie pas, celles que l'on n'efface pas ! Pour l'instant, elle ne veut plus te voir et j'espère sincèrement qu'elle n'aura pas la faiblesse de te reprendre. Tu ne mérites plus rien, en tous les cas, ni cette fille, ni son bébé. Tu l'as brisée physiquement, mentalement. Mais, enfin, Hugo, qu'est-ce qui t'as pris ?

Pour la première fois de la soirée, tu semblais enfin avoir retrouvé quelques sentiments. Cela me faisait presque du bien de voir de la colère qui émanait de toi. Enfin, j'avais une personne normale face à moi qui avait envie de me malmener. J'avais envie d'être malmené, jugé, traîné, détesté. C'est tout ce que je méritais. Cependant, ton calme reprit le dessus et tu te tus à nouveau. J'étais comme un gosse qui avait besoin qu'on le guide. Je voulais me faire gronder pour voir que, malgré mes méchancetés, on pouvait encore éprouver une certaine forme d'intérêt à mon égard.

Il fallait que j'aille voir Madeleine, que je lui parle, que je prenne de ses nouvelles. Que je lui dise que le monstre du placard, celui qui nous fait peur dans nos pires cauchemars avait fui, et que je ne le laisserais plus passer, même s'il insistait. J'insistai, te suppliai de recomposer son numéro. Tu hésitas un petit moment en me regardant avec effroi, puis composas le numéro et me tendis ton portable.

Au bout du fil, une petite voix douce et fatiguée. Je n'osais parler car j'avais peur qu'elle me raccroche au nez. Elle avait compris qu'il s'agissait de moi, mais elle ne raccrocha pas. Ce geste me donna un espoir auquel me raccrocher. L'espoir fut bref, la tonalité vint me ramener à ma vie et me retirer l'espoir de la revoir un jour, et de connaître ma fille.

Je m'effondrai dans le fauteuil de mon amie qui s'éclipsa dans la chambre. Elle n'était pas douée pour réconforter les gens, et m'en voulait terriblement. Je passai la nuit, recroquevillé dans son canapé en plumes d'oies, mais ne réussis pas à m'endormir. Les larmes coulèrent encore, une petite fois juste pour moi, pour moi seul, pour me rappeler à quel point je venais de tout gâcher. Mes soubresauts attirèrent Mathilde qui vint se rasseoir près de moi. Il fallait que je lui dise, il fallait qu'elle comprenne.

— Arrête de pleurer ! Ça ne changera rien ! me dit-elle, toujours aussi cassante.

— Mathilde, faut que j'te dise…

— Quoi ?

— J'ai vécu la même chose.

Mon amie me regarda l'air interdite. Elle ne soufflait mots et s'était approchée de moi qui pleurais comme un enfant que l'on vient de gronder, comme un enfant que l'on vient de battre. Je commençais donc mon histoire.

Le soir, parfois, je remontais le drap et j'avais peur. Le noir n'était pas mon ami. Le noir envahissait toute ma vie. C'était toujours le soir qu'il faisait noir et moi je n'aimais pas le soir car j'étais seul pour affronter mes peurs. Pourtant, j'étais jeune. J'avais cinq ans. Je ne devais pas avoir de peurs. Ma mère me disait souvent *qu'en dormant tout s'illumine et enfin notre vie brille*. Elle me répétait cela tous les soirs. Mais à chaque fois, quand je fermais les yeux, tout était noir.

Donc, je remontais les draps pour ne pas qu'il me voie. Je m'enfonçais dans mon matelas, en rêvant d'avoir la taille de ma peluche pour me cacher. Me cacher ? Pourquoi ? me diras-tu. Pour ne pas prendre le coup qui me paralysait la vie. Je me sentais faible. Peu courageux. Je ne savais pas affronter. La tête baissée, je priais parfois pour que rien de cela n'existe. Et pourtant… je l'entendais. Il arrivait, un peu ivre. Il franchissait ma porte…

Le cœur serré dans ma poitrine, je le suppliais de ne pas faire de bruit. Je ne voulais pas qu'il cogne davantage et me fasse mal. Mon doudou me protégeait, ma mère me le disait, « garde le près de toi dans les moments difficiles ». Alors, je le serrais et il me serrait. Et dans ce petit lit, nous étions enlacés comme deux frères prêts à subir l'injuste sentence qui allait s'abattre sur nos corps.

Mon amie face à mes propos était en larmes. Elle avait posé sa tête sur mon épaule et ne cessait de répéter : *Je suis désolée…* Mais maintenant, je devais continuer.

Toujours la même histoire, la même scène qui se répétait sur un rythme lancinant, calme, presque doux… presque. C'était mon doudou, ma carapace qui volait contre un mur en premier, et moi seul entendais ses gémissements et ses cris. Je voulais le venger, mais la douleur qui s'abattait sur moi m'empêchait de respirer. Je m'enfonçais davantage dans mon matelas. Comme un poids sur une vitre, j'avais l'impression que mon lit se brisait sous cette force de grand et fort papa, mais c'était mon corps qui explosait. Souvent, j'hurlais de toutes mes forces le doux mot « papa », mais mon père n'avait rien de doux. Il ne pleurait pas, il était fort comme un roc.

Sa force ne me protégeait pas, elle me condamnait, elle m'immobilisait sur ce lit aussi dur que le coup qu'il venait de me porter. Ma mère, sans doute dans le même état que moi, ne pouvait bouger de l'endroit où elle s'était réfugiée. Nous devions attendre qu'il se calme, qu'il cesse ses râles, qu'il stoppe sa main, son poing, pour enfin se retrouver et pleurer.

Toujours, à la fin, cette main qui venait se poser sur mon épaule. Elle me caressait doucement. Et dans cette effroyable peur qui m'envahissait la poitrine et le cœur, je ne condamnais pas ce geste.

J'aurais sans doute dû le détester, le haïr et le trahir mais je masquais mes bleus en souvenir de cette main à chaque fois plus douce, qui venait lentement sur mon épaule. Qui me caressait le bras, comme celle d'un vrai papa.

Mathilde n'avait pas cessé de pleurer. Je réussis à comprendre entre deux sanglots sa question. Celle que beaucoup auraient pu se poser.

— Pourquoi tu ne m'as rien dit ?

Je pensais qu'il changerait et que sa venue jour après jour serait plus douce. J'attendais et, dans ses yeux, je plongeais mon regard. Ce regard d'enfant battu et meurtri par la vie. Il me semblait me voir dans ce visage bourru. Les mêmes peines, les mêmes doutes, les mêmes peurs. J'avais l'intime conviction qu'un jour, il sortirait de cette carapace de douleur et qu'il me serrerait. Mais ce jour n'est jamais venu. Sa douceur ne sortait qu'à travers une violence qu'il s'obstinait à me transmettre, avec laquelle on l'avait éduqué. Toujours à chaque fois, ce même soupir, à peine audible qui émanait de ses lèvres quand il se retournait et quittait cette chambre. Cette petite chambre d'enfant qui pouvait ressembler à la sienne, plus jeune. La même odeur, les mêmes douleurs engendrées par la peur. Souvent, KO au fond de mes soirs, je pleurais beaucoup, je n'osais bouger pendant de longues heures. Les membres paralysés de douleur, le cœur en lambeaux, j'avais peur de réveiller, une fois de plus, le monstre qui dormait en lui.

Alors, j'attendais dans le noir, le visage en sang, mélangé au sel des larmes qui ne cessaient de couler.

Je cherchais dans la nuit, sans un bruit, mon protecteur qui ne pleurait jamais. Lui, acceptait les coups car il aimait encore plus que tout se blottir contre moi chaque nuit. Il m'a fallu longtemps avant de dormir… Fermer les yeux et ne plus penser, ne plus avoir peur de lui, ne plus avoir peur du noir, ne plus avoir peur de la nuit.

Mathilde était en larmes. Je n'arrivais pas à la consoler. Je n'en avais parlé à personne. Je n'avais jamais réussi à le faire, jusqu'à ce jour. Jamais…

Ce monstre était resté enfoui au plus profond de moi depuis toutes ces années, et quand, par mes soirs de délire ou d'insomnies, mon esprit se permettait d'aller divaguer dans ce côté-là de mes souvenirs, je me persuadais que tout était vain, que rien n'avait existé.

Juste le fruit de mon imagination, me répétais-je tout haut, en sueur dans le fond de mon lit.

Mais mon imagination était précise, juste et bien réelle. J'avais été un enfant battu pendant toutes ces années, et ma mère une femme battue au sourire sans faille devant les voisins, amis et famille. Jamais elle n'avait brisé le silence, jamais elle n'avait appelé au secours. Elle assumait ses choix qui auraient pu être mortels. Toujours plus courageuse et de moins en moins costaud, elle dédramatisait, me donnait des clefs pour vivre paisiblement, malgré cette violence. Elle ne semblait pas malheureuse. Quand j'étais enfant, je ne la voyais jamais pleurer, je ne l'entendais jamais gémir de douleur et quand, comme une brebis, elle venait en silence, consoler mes larmes et panser mes plaies, elle me serrait et ne s'octroyait pas le droit de pleurer. Elle me veillait toute la nuit, enfermée dans ma petite chambre derrière une porte peu solide où un père violent se repentait d'avoir fait du mal à ceux qu'il disait *aimer plus que tout*.

Toutes ces nuits sans sommeil écumées par la peur de voir le noir se dessiner sous mes paupières m'avaient rendu insomniaque. Je n'arrivais plus, je n'osais plus m'endormir. Il me fallut des années et des années pour réapprendre à dormir, à avoir sommeil.

Je l'ai surprise une fois à genoux les mains jointes et la tête penchée. Nous ne croyions pas dans notre famille lorsque j'étais enfant et sur cet instant et bien longtemps après cette vision, je me suis demandé à qui ma mère s'adressait avec autant de ferveur. Je me souvenais de ses mots qu'elle émettait entre deux sanglots. Encore aujourd'hui, je n'ai pas oublié ses dires et ils reviennent comme un poignard quand ma vie est trop noire.

La route, les trottoirs noirs emportent tous mes regards car je ne sais pas lever les yeux vers le ciel pour contempler la beauté que Tu as créée. Il faudrait que j'arrive à penser à Toi dans ces moments-là mais Tu es si abstrait que j'en perds mes repères. Je cherche un de Tes signes pour m'y blottir à vie, mais jamais Tu ne veux me donner cette sérénité. On nous évoque Ta présence, Ton pardon, on parle en Ton nom, mais est-ce cela que Tu veux nous susurrer dans les prières que naguère je connaissais par cœur et que j'ai oublié de réciter au fil des épreuves.

Je sais, je me suis éloignée de Toi et même de moi. Je suis sur un chemin vide de directions, de sens et d'amour. Pourtant c'est cela que l'on recherche non ? Aurai-je mal compris ce que l'on m'a appris ? On cherche surtout à ne pas vivre seul, car cette solitude est pire qu'une tâche, même plus un prélude. Elle te colle à la peau et refuse de te quitter, de te lâcher. On apprend à vivre avec ? Peut-être qu'on se ressource et qu'on ouvre son cœur à autre chose que l'amour. On est moins égoïste quand la solitude fait son nid sur notre peau et refuse de prendre le prochain bateau. Alors explique-moi, Toi qui m'as créée, Toi qui nous as tous faits. Explique-moi pourquoi à chaque seconde que Tu fais, je me sens seule même entourée, même aimée. Je les regarde prendre leur vie et ils ont l'air heureux, ils ont l'air bien, sereins. Moi, toujours cette nausée, quand je ne fais que penser à cette vie que je pourrais créer qui vient m'envahir et me détruire. Ai-je déjà trop vécu ? Vu trop de misères et d'injustices que mon cœur vide de sens a décidé de se fermer pour ne plus regarder ? Explique-moi pourquoi je ne sais pas me fâcher ? Pourquoi je me laisse couler ? Et quand ses coups portés détruisent mon corps un peu plus fort, je ne sais faire que pleurer et pardonner ? Est-ce de la faiblesse ou Est-ce cela qu'on appelle la solitude ? Toi qui as voulu m'emmener dans cette galère, réponds à mes questions pour que, la prochaine fois, quand il me regardera de travers, je sache faire. M'enfuir, partir, me sauver dignement en le regardant avec pitié, avec dédain, presque hautain comme je sais faire, comme je peux faire. Mais toujours, Tu t'enfermes dans Ton mutisme. Jamais Tu ne réponds. Est-ce moi qui ne sais pas voir le bonheur que Tu glisses sous ma porte? Doit-on se contenter, comme tous ces gens que je méprise, de vivre un peu et de ne pas se soucier de mieux ? J'aimerais que Tu me guides parfois quand mon fardeau devient trop gros car pour l'instant je n'ai pas réussi à prendre les meilleures décisions. À vivre, vouloir vivre, on se brûle, on s'entête, on se perd. On se sent vivant sur l'instant et tellement mort tout le temps. Est-ce cela le bonheur ? N'être ni vivant, ni mort ? Bien sûr, Tu continues à Te taire et je m'enfonce dans ma colère qui n'a de cesse de me faire du mal. Sans jamais vouloir toucher les autres, on se fait bousiller, malmener, écraser. Alors j'en suis là, dis-moi quelque chose ou viens me chercher. Peut-être que, dans la mort, je comprendrais davantage le sens de ma vie.

Il me semble qu'au lycée mes nuits sont devenue plus douces. Quand j'ai rencontré une petite blonde, aux yeux très clairs et au caractère bien trempé. Quand ce petit bout est devenu ma meilleure amie, ma petite sœur, et qu'elle s'est endormie pour la première sur mon oreiller avec le sommeil lourd d'un nourrisson. Ses nuits semblaient si paisibles que je les enviais. Je me suis mis à faire de même et je ne l'ai plus quittée.

Cependant, au Japon, alors que j'ignorais sa personne et que je m'enfonçais davantage dans la mienne, ces années me ramenèrent à cette époque difficile de ma vie. Je n'avais plus peur pour moi qui étais loin de lui, mais pour ma mère qui était restée à ses côtés. Prête à subir l'injuste punition. J'avais peur d'être appelé un jour pour l'identifier à la morgue, tant les coups, plus violents cette fois, auraient été fatals. Ce jour n'arriva pas. En effet, en rentrant du Japon, je trouvais une maison vidée des affaires de mon père. Une aide-soignante plus que compréhensive, comprit très vite que poser des questions à ma mère ne servirait à rien. Après un séjour à l'hôpital, elle décida d'appeler le petit numéro que cette dernière lui avait glissé dans la poche de son manteau avant son départ. Au début, elle se sentit anormalement coupable de participer à ce genre de réunion. Elle avait l'impression de trahir *celui qu'elle avait tant aimé.* Puis, au fil du temps, elle comprit que la faute ne venait pas d'elle. Elle réussit à porter plainte et à jeter mon père, qui ne méritait pas mieux, hors de la maison.

Ce fut donc une maman épanouie que je retrouvai lors de mon retour. Une personne qui vivait une *première jeunesse* et qui découvrait la vie comme une fille de quinze ans, avec des sourires et des rêves plein la tête. Bien évidemment, elle me proposa mille fois de dormir chez elle, le temps de trouver un logement, mais… Cette chambre ne me disait plus rien, j'insistais d'ailleurs pour qu'elle se trouve un appartement en plein centre, afin qu'elle tire un trait définitif sur cette vie douloureuse. Et dans le même sourire d'amour, elle me répétait que ce n'était pas une vie de douleur puisqu'elle avait eu le plus beau des fils.

Face à cette histoire, Mon histoire, Mathilde ne me dit rien. Ses larmes coulaient le long de sa joue pour venir finir leur chute dans mon cou.

— Tu aurais dû m'en parler. Pourquoi tu ne m'as rien dit ?

— Ce sont des choses que l'on essaie d'oublier. Je suis comme lui. Le même monstre, formé dans le même moule.

— Tu ne seras jamais comme lui. Jamais ! me dit-elle en me serrant davantage.

Elle resta un long moment dans mes bras, mais sa respiration resta sur le même rythme saccadé. Elle ne dormait pas. Je l'invitai gentiment à rejoindre son lit. J'avais besoin d'être seul. Elle me proposa de dormir avec elle, mais je refusai. Elle me laissa à regret. J'attendis dans la nuit quelques heures. Ce silence de mort me fit frissonner. Puis, j'attrapai mon courage et quittai sa maison. J'avais besoin d'être seul.

21

Le jour où j'ai commencé à vivre, c'est le jour où j'ai failli mourir

Le jour où elle a commencé à vivre c'est le jour où elle a failli mourir. Elle n'avait pas été confrontée à la dureté que cette vie peut parfois nous réserver. Elle l'a entendu grimper quatre à quatre les escaliers et elle a reconnu son pas à la seconde dans ce vieil appartement mal insonorisé. Elle se doutait qu'il était énervé, ils s'étaient disputés au téléphone.

Quand je rouvris les yeux, rien n'avait bougé. Il y avait du sang sur le parquet et des traces noires sur la peinture blanche du couloir. Des traces de lutte. Je me levai péniblement et me hissai difficilement jusque la salle de bains. Le miroir me renvoyait l'image d'une femme meurtrie, détruite, pleine d'ecchymoses. Comme mon dos me faisait souffrir, je levai péniblement mon pull pour y découvrir les bleus. Devant l'ampleur des coups, je pris conscience de la violence inouïe dont j'avais été victime. Les larmes coulèrent toute seule. Je titubais jusqu'à mon lit, m'effondrai sans m'arrêter de pleurer. Je venais d'échapper à la mort. Cette mort, apportée par l'homme que j'aimais, le père de mon enfant, m'avait frôlée de près. Je ne comprenais plus rien, je me sentais dépassée par toute cette haine, toute cette violence. Je pleurais un long moment avant de me souvenir que j'étais maman et que mon bébé ne bougeait plus. Je vins m'asseoir sur le bord du lit et je caressais mon ventre en prenant ma voix la plus douce. J'attendis quelques minutes, et rien ne fit réagir ma fille qui déjà avant de naître avait dû se blottir dans une carapace pour ne pas souffrir. J'appelai les pompiers pour qu'ils viennent m'extirper de cet enfer.

Je ne pris pas la peine de prévenir mes proches. Je ressentais un sentiment de culpabilité et le doute envahissait mon esprit. Étais-je fautive ? Était-ce normal ce qui m'arrivait ? Avait-il eu raison d'agir ainsi ? Je me sentais honteuse face à sa réaction de monstre et me demandais si ce n'était pas moi qui avais attisé la bête avec ma mauvaise humeur et mes râles, avec mes reproches et mes inaptitudes à faire la part des choses. Peut-être que tout simplement, je méritais cet état. Qu'allais-je dire aux pompiers ? Juste une chute dans les escaliers ferait l'affaire, justifierait les bleus. Mais les marques dans mon cou ? J'improviserais, j'avais du talent. Je ne soufflerais mot. Je ne voulais pas passer pour un monstre, j'avais suffisamment honte de moi, honte de la situation. Je me ravisai plusieurs fois avant de composer le numéro, mais mon bébé n'avait toujours pas bougé et je devais m'assurer que tout allait bien pour elle.

Au bout d'un quart d'heure, on frappa à la porte. Deux ambulanciers étaient derrière. Ils me posèrent les questions d'usage et se contentèrent de mes explications. Ouf ! Je savais encore être persuasive. Quand ils me demandèrent où était le papa, j'eus un blanc avant de leur répondre qu'il était en déplacement. Mais cette question me plongea dans un total désarroi. Allais-je le revoir un jour ? Assumerait-il sa paternité ? Allait-il me pardonner de l'avoir poussé dans un tel état ? J'avais envie de composer son numéro pour lui rappeler ô combien je l'aimais et combien j'étais désolée. Tout était de ma faute, c'était quelqu'un de bien. Moi, par contre, j'étais une enfant gâtée, minable et instable. J'allais me retrouver seule à élever mon enfant et c'était tout ce que je méritais.

Les examens à l'hôpital me réconfortèrent. Mon bébé bougeait et son cœur battait correctement. On me plaça tout de même dans une chambre pour la nuit. Plusieurs infirmières et un médecin passèrent me voir. Toujours les mêmes questions, toujours le même mensonge. Cependant, l'interne, plutôt jeune et élégant s'attarda sur les marques de mon cou.

— Ce sont les escaliers aussi, les marques dans le cou ?

Je ne sus quoi répondre. Il n'insista pas mais je vis qu'il gribouillait quelque chose d'illisible sur son cahier. Au moment de partir, il se tourna vers moi, me fixa un long moment puis me dit : « Quelqu'un va venir vous voir avant la fin de l'après-midi. Une médecin psychiatre. Si vous avez besoin de parler, de vous confier, ça sera le moment, n'hésitez pas à le faire, surtout.

— Je n'ai besoin de personne, répondis-je d'une voix un peu hautaine…

— Je suis d'accord avec vous, vous n'avez pas à vous sentir coupable. On n'est jamais préparé à cela, on se défend comme on peut. Mais vous pouvez vous faire aider.

— Puisque je vous dis que je suis tombée dans les escaliers. Je ne sais pas d'où proviennent ces traces, sans doute une allergie à un collier,… dis-je sur un ton encore moins convaincant.

— Bien, comme vous le souhaitez, dit-il en quittant la pièce.

Une fois seule dans cette chambre blanche, je me mis à pleurer plus encore que devant mon portrait de femme faible. Je ne savais plus discerner le bien du mal. Avais-je raison de vouloir protéger Hugo, ou devais-je le blâmer pour ce qu'il venait de me faire ? J'étais perdue. La fatigue aidant, mes yeux se voilèrent. Je m'endormis.

Une voix douce me sortit de mes songes. Une dame de quarante ans, au physique ingrat, mais au large sourire était assise près de moi et en douceur, m'accompagnait dans ce réveil.

C'était toi la pseudo psychiatre ? Toi à qui je devais cracher mes poumons et la haine des autres ? C'était toi qui allais m'enfoncer une aiguille dans mon esprit pour y extirper toutes les mauvaises pensées, pour m'aider à y voir plus clair ? Si tu veux, je pourrais t'aider à faire de même avec ton assiette. Je pourrai t'y enlever toutes les graisses pour que tu arrêtes de gonfler !

Je regrettai immédiatement ma pensée, mais elle était passée, je n'y pouvais rien. Il fallait dire que c'était vrai, elle ressemblait à un petit baleineau…

Elle me regarda d'abord et me posa ensuite la question que tous ici m'avaient posée : *Comment avais-je eu toutes ces marques sur le corps et le visage ?*

Je craquai une fois pour toute. Après tout, elle avait dû en entendre des bien pires. Des histoires de serial killers, de bipolaires ou je ne sais quoi. Alors ma petite histoire banale de la femme qui se fait battre, pourrait à peine lui permettre de tenir un apéro lors d'une réception. Le secret professionnel… Je n'y croyais pas ! Elle m'écoutait cependant attentivement, prenait, elle aussi, quelques notes dans une écriture que je n'arrivais pas à décrypter, et me guidait pour que je n'oublie pas les détails croustillants…

Néanmoins, elle me fit du bien dans son jargon compréhensible. Je pris conscience que je n'étais pas coupable et arrêtai sur le moment de culpabiliser. Elle ne me donna pas la solution à tous mes problèmes, mais quelques clefs pour y voir plus clair. Quand elle sortit de la pièce, son large sourire me manqua un instant. J'étais seule face à moi-même et je me sentais perdue face à l'éventuelle décision.

Dans le brouillard, aucune décision…

Je me répétais ses mots en boucle et l'idée de ne pas être la seule coupable vint s'ouvrir à moi, comme une évidence.

J'attrapai mon portable afin de prévenir mes proches de la situation. Faisons tomber les tabous et luttons contre cette violence. Dans les mots, ce n'est pas mal, dans les faits, c'est beaucoup plus difficile. Je vis qu'Hugo avait essayé de me joindre en vain plusieurs fois, ce qui ne me fit ni chaud, ni froid. Elle était vraiment douée. J'espère que j'aurai le droit à un deuxième coup d'essai… (comme pour les clubs de sports, plusieurs séances gratuites avant de prendre la licence…).

Soudain, mon portable se mit à vibrer. C'était Mathilde. La discussion fut brève. Elle m'expliqua qu'elle avait recueilli Hugo sur la chaussée, qu'il était désemparé et qu'il s'en voulait terriblement. Tous ces propos ne me touchèrent pas. À cet instant, je ne voulais plus le voir. Je voulais le rayer de ma vie.

Quelques minutes plus tard, mon portable vibra une seconde fois. C'était encore elle qui me dérangeait. J'avais envie d'exploser au bout du fil mais je n'en fis rien. J'écoutais la respiration et je reconnus celle d'Hugo… Je fus un moment troublée par sa voix aphone et je me sentis perdue. Qu'allais-je faire maintenant ? Lui pardonner et repartir en me souvenant de ce qu'il était capable de faire ? Ou raccrocher et ne plus lui adresser la parole ?

Je choisis la deuxième option. C'était fini !

22

Seul dans des vêtements sales

Il était cinq heures du matin et c'était la nuit noire dehors. Hugo marchait sur le trottoir. Il était vide de sens et vide d'espoir. Il ne savait pas à quoi se résumait sa vie ou plutôt elle lui explosait à la figure…

J'étais un minable qui suivait les traces d'un père violent qui n'avait su lui inculquer que le mépris des femmes et la haine des autres. Je pensais avoir échappé à ce schéma familial, mais il me rattrapait et me collait à la peau. Je n'étais pas différent de lui, j'étais peut-être pire. J'avais tout perdu. Madeleine, mon enfant, et maintenant Mathilde. Ma vie confortable de mari sain et de papa poule était en train de m'échapper !

Je ne voulais pas que mon père revienne me hanter. Il fallait que je vive seul pour être sûr de ne pas, ne plus faire de mal à quelqu'un. Mon comportement était trop risqué, je ressemblais à une bête sauvage. J'avais marché longuement jusque la première rame de métro qui pouvait me ramener chez moi… *chez nous*…

Il faisait noir dans ce tunnel qui me guidait dans une odeur d'urine. Sur les bancs, dans un ronflement lancinant, quelques clochards finissaient leur nuit en cuvant doucement. Je les regardai les yeux pleins de tristesse. Je ne pensais pas à eux, même mes pensées étaient égoïstes. Je vins m'asseoir à l'autre bout de la rame pour ne pas me faire remarquer, me faire oublier et souffrir en paix. À cet instant, j'eus envie d'échanger ma place contre la leur. Ils méritaient le bonheur, je méritais de croupir sur un banc, inspirant pour la plupart la peine, la pitié ou le dégoût. Pas eux, juste moi.

Le bruit du métro me sortit de mes songes. Il était vide, je vins m'asseoir sur un siège sale et malodorant. Ma tête cognait contre la vitre, mes pensées s'envolaient dans cette carcasse en fer et amplifiaient l'odeur malsaine. Une jeune femme était assise, je ne l'avais pas remarquée. Elle me lançait quelques regards. Sa beauté était ingrate, ce genre de beauté que l'on ne voit pas au premier abord, ni au deuxième d'ailleurs. J'aurais pu la baiser comme toutes les autres mais je n'en avais même plus envie. Tout avait changé dans ma vie. Je ne voulais plus être au contact de femmes, de gamines bandantes. Elles étaient toutes pareilles, des relents d'overdose dans la voix. Mon sexe ne se lèverait plus pour elles. Ma tête se mit à tourner, les nausées me prenaient à la gorge et m'étouffaient.

Le métro arriva à destination, les portes s'ouvrirent dans une sonnerie qui me cognait les tempes. Je me levai. J'eus à peine le temps de pencher la tête en dehors, avant de déverser toute ma haine dans un vomissement mémorable et bruyant. J'avais honte, je puais le manque de dignité et je ressemblais à cette bile explosée par terre. Visqueuse et dégoûtante. Je vins me rasseoir. La petite conne de l'autre bout de la rangée me regardait avec mépris. Je lui renvoyai mon regard le plus noir et eus, à cet instant, envie de lui exploser les dents ,sans doute mal rangées, mal brossées. Elle baissa les yeux.

C'est mieux pour toi, pensais-je dans un soupir. Je pris ma tête dans mes mains pour le reste du trajet. Les yeux fermés, j'arrivais à encaisser les secousses de ce métro d'enfer, et à gérer les nausées

Il était presque six heures quand je revis la lumière du jour. La brise froide me cognait les joues. Je n'avais pas de manteau et mon pull était imprégné d'une odeur répugnante. Je longeai les murs en m'agrippant parfois à eux. Arrivé devant mon immeuble, je fis une exception et m'engouffrai dans l'ascenseur. Devant ma porte, j'enfonçai la petite clef dans la serrure. L'appartement ressemblait à un champ de bataille. Une coupelle de fruits était en miettes par terre et une chaise gisait sur le sol, des traces de sang sur le dossier. Ce même sang couvrait également quelques lattes de plancher usé. Mes larmes coulèrent toutes seules devant ce désastre, devant cette lutte non équitable des corps. Je voulus m'allonger dans notre lit pour sentir son odeur contre moi. Dans le couloir qui m'y emmenait, les traces de lutte continuaient. Une petite porte blanche était pourtant épargnée par ce massacre, un peu comme une image que l'on aurait collée juste après un combat pour redonner du courage aux soldats, aux victimes, aux familles des sacrifiés. Je me risquai à l'ouvrir de mes mains sales. Le choc fut rude. Mon ventre me serrait et mon esprit cognait en me hurlant dans le cerveau : *Tu te rends compte de ce que tu as fait ?*

Une petite chambre de princesse, blanche et rose, était prête pour accueillir une enfant que l'on aimait déjà tant. Un petit lit blanc, habillé d'une gigoteuse mauve et vert pâle, des rideaux blancs immaculés, une commode et une armoire qui accueillaient déjà des vêtements de toutes tailles et une petite berceuse prête pour t'empoter, mon bébé, vers des nuits étoilées. Tout était prêt, absolument tout. Sauf moi, ton papa.

J'eus envie de m'effondrer par terre, mais il ne fallait pas que je salisse cet endroit sain de ma personne, de mon manque de dignité. Je n'avais donc rien à faire ici. Je repoussai la porte après mon passage et me dirigeai vers notre chambre. La poignée était branlante. Quelques souvenirs me sautèrent au visage. Je fis semblant de ne pas les voir. Peut-être finiraient-ils par me lâcher ? Le lit était défait, mais dans cette pièce rien ne laissait entrevoir que quelqu'un avait failli tuer une autre personne. Pourquoi, au juste ? Un haussement de ton ? Un regard en coin ? Une parole en l'air ? Avions-nous le droit d'abuser de notre force envers des personnes plus faibles et plus vulnérables, des personnes dont on savait très bien qu'elles ne pourraient se défendre ?

Je cherchai mon portable, il fallait que je te parle. J'essayais d'abord ton numéro, en vain… Alors je cherchai celui de la maternité de l'hôpital. On me balada de service en service avant que j'arrive jusqu'à ta chambre, jusqu'à toi. Ta petite voix prononçant ce *Allô* me sembla affectée. J'eus le temps de te dire juste *c'est moi, comment vas-tu ?* que la tonalité de ce mobile m'explosa dans l'oreille. Alors je l'explosai à son tour contre le mur en hurlant. Puis, sans prendre le temps de ramasser mes frasques débordantes, ni même la peine de me changer, j'attrapai les clefs de ta voiture pour aller te voir directement à l'hôpital.

Tu ne voulais pas me voir, tu n'avais pas le choix ! Tu ne pensais pas te débarrasser de moi aussi facilement, tu portais mon enfant, tu ne devais pas l'oublier ! Sur la route, je brûlai plusieurs stops et feux rouges. Nous n'étions pas très loin de la maternité, mais il fallait tout de même traverser la ville. À sept heures à peine, je n'eus pas trop de difficultés. Je me garai sur le parking visiteurs. À l'accueil, une dame avec des cernes sous les yeux finissait sa garde.

Plus que quelques minutes et tu pourras dormir, mais avant donne-moi le numéro de la chambre de ma famille !

Les visites ne débutaient qu'à dix heures et il était sept heures quinze ! J'insistai en lui disant que j'étais le mari et le père du bébé, il fallait que je voie ma femme. Elle me dévisagea un instant avec un léger regard de dégoût, puis me sortit l'étage et le numéro de la chambre. C'est vrai, j'avais oublié, je puais la gerbe ! J'avais également oublié que mon look inspirait la pitié et la répugnance. Je pris l'ascenseur pour aller plus vite, et surtout parce que j'étais déjà à bout de force. Je soignai mon entrée. Qu'allais-je lui dire ? Comment allais-je m'y prendre ?

Devant cette porte d'une couleur passée, je frappai doucement, un petit *oui* se fit entendre. J'entrai et découvris avec effroi ton visage. Je ne pus retenir mes larmes. J'avais pitié de moi, je m'inquiétais pour toi. Tu étais ce que j'avais de plus cher et je venais de te briser en morceaux. Quand tu me vis entrer, tu n'eus aucun geste à mon égard. Tu me fixais avec indifférence. C'était pire que le mépris.

— Est-ce que Jeanne va bien ?

— Ce n'est plus ton problème.

— C'est mon enfant…

— Ce n'est plus le tien à partir du moment où tu as failli le tuer. Je ne veux plus te voir, je ne veux plus entendre parler de toi. Je vais élever cette enfant toute seule, et n'essaie pas de nous revoir un jour ! Maintenant, tu vas retourner à la maison, et profiter du temps qu'il me reste à passer dans cette chambre fade d'hôpital pour te trouver un appartement. Quand je reviendrai dans ce lieu minable où nous avons essayé de construire quelque chose, je ne veux plus trouver aucune de tes affaires. Je casserai le bail et il me restera trois mois, juste le temps, avant que ma fille n'arrive, pour me reconstruire.

— Je t'en prie, laisse-moi l'élever aussi, la voir, lui parler, l'aimer.

— Je n'ai plus rien à te dire. Maintenant, pars et ne reviens jamais. C'est fini. Je n'oublierai pas d'en informer la famille.

— Tu prendras soin d'elle ?

— Mieux que tu n'en as pris soin avant même qu'elle ne vienne au monde. Tu peux partir, je ne veux plus te voir.

Je ne savais pas quoi dire. J'admirais ta force de caractère et je ne voulais en aucun cas que tu me pardonnes.

Peut-être pourrais-je te recontacter plus tard, et peut-être voudrais-tu repartir avec moi… J'essayais de croiser une dernière fois ton regard pour voir ce qu'il me restait d'espoir. Je ne vis rien, que du vide. Tu tournas la tête vers la fenêtre et je m'éloignai.

Quand il referma la porte, la conviction de Madeleine vint s'exploser sur le vieux balatum aux odeurs malsaines. Elle eut envie de courir derrière lui pour lui pardonner son geste. Elle se leva et passa devant le miroir. Son visage tuméfié lui rappela que l'on ne pouvait pardonner un tel geste. Elle se rallongea et pleura face à cette nouvelle vie qui commençait. Des larmes de stress et d'incertitude mais sans doute aussi de sérénité vinrent recouvrir ses joues. Plus rien ne pouvait désormais leur arriver. Que pouvait-il lui arriver de pire ?

Dans l'ascenseur, j'explosai en sanglots, assis par terre comme un moins que rien, comme ce que j'étais. La voiture me ramena à l'appartement. Je regardais nos photos, nos souvenirs. Tout avait volé en éclat. Je ne reconnaissais plus rien. Une échographie sur le réfrigérateur, quelques dessins çà et là…

Une histoire consumée qui n'attendait plus que l'on referme le livre.

C'est ce que je fis en prenant une valise avec quelques affaires.

23

La vie suit son cours

Plusieurs mois avaient passés depuis les dernières vacances. Devant l'impuissance de leur couple, Mathilde et Elliot n'avaient pas réellement pris de décisions. Elliot était reparti en déplacement. Il pensait peut-être que tout aurait changé, mais rien ni personne ne change jamais. On est ce que l'on est avec nos défauts, nos qualités, nos sourires et nos déprimes. Mathilde avait tant aimé les siennes et passé outre ses minuscules défauts, tout lui explosait à la figure comme une bombe à retardement. Il fallait qu'elle se sauve de cet enfer avant que la vie ne continue à la défigurer de cernes. En avait-elle vraiment le courage ?

J'avais été déçue par la vie, déçue par mon mari, et déçue par mon ami qui s'était révélé monstrueux. Lui que je choyais et que j'admirais par sa prestance et son talent, n'était qu'un imposteur brimé et noirci par une enfance difficile. Toutes mes certitudes avaient volé en éclats en quelques secondes…

En quelques minutes, en quelques mois, en quelques années, j'étais face à une vie que je ne maîtrisais plus, que je ne voulais plus maîtriser. L'avais-je déjà maîtrisée à un moment ? Je ne pense pas. J'avais cette faiblesse qui faisait partie de moi et qui me rappelait, quand je mettais un pas devant l'autre, à quel point c'était lourd et laborieux d'être faible. J'enviais à un instant Madeleine qui avait sans doute pris la bonne décision, qui avait fait preuve d'une force de caractère impressionnante, pour se lancer dans cette nouvelle vie, seule. Elle était mieux que moi, mieux que lui, avec ses allures de grand gosse capricieux.

***

L'appartement qu'il trouva, lui permettait d'emménager rapidement. Hugo pensait à sa mère. Elle devait être déçue et choquée de son comportement. Dans ses yeux noirs, il la forçait à revivre son histoire.

Oui, tu vois maman, j'étais comme lui, j'étais maudit. Tous les hommes que tu connaissais, que tu avais aimés, t'avaient manqué de respect et avaient bafoué ton honneur et ta dignité. Je n'étais pas une exception.

Quand tu passas la porte de l'appartement en ruine, comme nous tous, tu ne parlas pas. Tu me regardais m'activer à faire mes cartons et à séparer des affaires qui devaient être liées et unies pour la vie. Madeleine t'avait appelée pour tout te raconter, est-ce qu'elle t'avait détaillé les faits ? Sinon, je pouvais le faire. J'avais attrapé sa tête et je l'avais cognée contre le sol à plusieurs reprises pour ne plus qu'elle vive. Et oui, j'étais comme ça, j'étais comme lui. Des larmes de honte et je pense de dégoût perlaient le long de tes joues de maman. Tu t'approchas de moi et me giflas. Moi, ton bébé, que tu avais tant essayé de protéger. Je n'avais pas réussi et j'avais sombré aussi. Comme lui.

Quand mes parents s'étaient rencontrés, rien ne laissait présager le monstre qu'il était. Le masque était bien accroché à la peau lisse d'adolescent et au sourire sans faille. Un brun, charmeur et charmant. Ma mère avait succombé en quelques mois. Il avait tout du gentleman. Grand, séduisant, sûr de lui. Le genre d'homme que l'on aimerait rencontrer plus souvent. Les premières années de vie commune s'étaient passées sans heurt. Ils s'aimaient et tels des amoureux, ils oubliaient le temps et les personnes qui les entouraient. Si bien qu'ils s'étaient vite retrouvés à deux, se coupant volontairement du monde. Ma mère qui ne travaillait pas, occupait son temps à réaliser des peintures sur porcelaine. Elle était vraiment douée, une vraie artiste. Mon père l'encourageait et la portait dans chacun de ses projets…

Mais un jour, tout bascula. C'est vrai que ses yeux enjôleurs pouvaient parfois se transformer en une noirceur profonde quand elle n'était pas d'accord avec lui. Mais, il se calmait et contenait toujours cet excès de violence et de haine qu'il avait cultivé durant son enfance.

Je devais avoir quatre ans, peut être cinq. C'était un matin de printemps, ces genres de matin où l'air est frais, que le soleil déjà haut dans le ciel, nous lance toutes ses promesses de chaleur. Mon père voulait pique-niquer mais ma mère ne voulait pas, trop occupée à peindre pour une expo qui devait débuter le lendemain. Je jouais à ses pieds comme à mon habitude avec les quelques peintures qu'elle me laissait utiliser. J'aimais traîner dans cet atelier et humer l'odeur de ses couleurs qui ensoleillaient la toile de ma vie à chaque instant. Il lui restait quelques petites finitions et elle ne prétendait pas quitter son atelier. Mon père tournait en rond comme un lion en cage. Alors qu'il insistait un peu trop, elle haussa le ton un peu plus fort pour lui faire comprendre qu'elle n'en ferait rien et qu'il était préférable qu'il la laisse finir tranquillement, au lieu de la brusquer. Ce ton un peu hautain, mit mon père dans un état furibond. Il attrapa son col de chemise et la souleva.

Caché sous la table, je voyais ses petites ballerines décoller du sol et flotter comme une libellule dans les airs. Je trouvais cela joli, car tout ce qui appartenait à ma mère était fragile et léger. Et je l'adorais. Je compris que cette scène n'avait rien d'affectif quand j'entendis les gémissements et supplices de ma mère dans une voix qui n'en finissait plus de s'éteindre et de s'enrouer. Puis, dans un coup plus violent que celui qui avait permis de faire décoller ma petite et fragile maman, il l'envoya valser dans un coin de la pièce. Elle alla se cogner la tête contre le mur en briques et ne donna plus signe de vie. Je ne sais pas à cet instant, si c'est la peur ou mon instinct de survie qui m'ordonna de rester caché sous cette petite table de bois, aussi fragile que les porcelaines que ma mère s'épuisait à embellir, mais je ne bougeais pas. La tête dans les mains, les mains contre les genoux, j'écoutais le bruit d'un fracas de vaisselle s'exploser contre les murs de la pièce. Ma mère reçut un verre sur la tête, ce qui la fit saigner abondamment. Dans ma torpeur, je ne pus réprimer davantage mon cri d'horreur. Une main sur la bouche, regrettant à la seconde l'époque de mon silence, je m'enfouis davantage sous cette table. Mon père se pencha. Dans ses yeux injectés de sang, je crus reconnaître un homme blessé par la vie qui répondait jusqu'ici au doux nom de papa. Je crus que ma courte vie allait s'achever dans l'instant. Je ne pouvais détourner mes yeux ronds, noyés de larmes et de peur de son regard de fou. Il s'aida alors de la table pour se relever, attrapa une assiette, la dernière qui restait et l'explosa contre la vitre, la faisant se briser elle aussi. Je reçus quelques bouts de verre sur la cuisse, mais ma blessure était superficielle. Je regardais au loin ma mère se vider de son sang. Face à cette impuissance je me mis à pleurer. Il quitta l'atelier, puis le jardin, et enfin la maison sans se soucier d'elle qui gisait comme tronc d'arbre mort, sans se soucier de la racine de ce tronc, âgée de quelques années, qui mourait sous une table en bois.

Il fallut prendre notre courage à deux mains à partir de cet instant. Ma mère, petit chat inoffensif, pardonna de sa plus belle faiblesse la plus inacceptable des violences.

— Ne t'inquiète pas, il ne te touchera jamais mon chéri, me répétait-elle le soir en me bordant, dans un sourire plein d'amour, sans conviction.

Mais ce ne fut pas le cas. Il commença à me cogner la nuit et cela devint bien vite une habitude.

Consciente que la vie était précieuse et qu'il était important de vivre heureux, elle tentait bien de faire face et de me protéger. C'est ainsi qu'en hiver, nous nous retrouvâmes un soir de plus forte violence chez mes grands-parents.

Ma mère pleurait et moi sur ses genoux, je n'osais la quitter. Elle me répétait que tout se passerait bien maintenant, que je pouvais recommencer à dormir. Et le soir, je devenais son doudou, elle m'enlaçait comme une peluche et m'embrassait les cheveux en me répétant sans cesse que j'étais son bébé. Je faisais toujours semblant de dormir à cet instant, car j'aimais bien ses câlins. Elle sentait bon la violette et j'adorais me réfugier au creux de ses bras. Je ne voulais briser cet instant pour rien au monde. Les semaines se firent plus douces. Mais mes grands-parents accueillirent d'un mauvais œil l'échec d'un mariage. J'entends encore ma grand-mère répéter, les soirs au coin de la cheminée : « Mais tu comprends, quelle réputation nous allons avoir ? Tout peut peut-être rentrer dans l'ordre. Nous ne pouvons pas vous nourrir indéfiniment. Peut-être faudrait-il trouver un travail ?... ». Autant de petites phrases qui finirent d'achever maman et son optimisme. Comme elle ne voyait pas d'autres choix, elle fit nos valises et nous quittâmes la campagne pour venir nous réinstaller dans les noirceurs de la ville. Sur la route du retour, je ne pus m'empêcher de pleurer. Je n'avais pas peur pour moi qui commençais à grandir, mais pour elle qui commençait à vieillir.

Je la voyais toute petite ; elle ressemblait à une enfant derrière son volant. Elle me regardait, et toujours dans ses yeux pleins de cicatrices, le plus merveilleux des sourires venait égayer son regard et me réconforter. À cette époque, mon père s'était un peu calmé. Il avait bien cru finir ses jours de vieux poivrot seul à se lamenter sur son sort. Alors, il avait changé. Il était redevenu l'homme convenable et le parfait papa. Il jouait avec moi le soir, me lisait des histoires, m'emmenait en forêt et me bordait. Les sourires de façade de ma mère encore branlante et apeurée s'estompèrent peu à peu pour laisser place à des sourires de soulagement. Quand, à certains moments, elle s'évadait de son emprise pour venir m'embrasser le soir, elle me répétait qu'une deuxième chance était parfois possible et que mon père en était la preuve. Je l'écoutais sans sourciller mais en recommandant mon doudou de me réveiller au moindre bruit. Il me semble, dans mes vagues souvenirs, car ma mémoire a réussi à occulter ces traces du passé pour me permettre d'être *un homme épanoui,* que cette période dura un moment. Quelques années peut-être. Mais comme la vie est un éternel recommencement, la haine reprit le dessus sur la sérénité et tout redevint comme avant. Les nuits furent longues à nouveau, sans lumière, sans espoir.

Puis la destinée m'amena vers d'autres berges et à mon retour, tous les fondements avec lesquels j'avais été éduqué venaient de s'effondrer, pour mon plus grand bonheur. Je retrouvais une mère épanouie qui avait réussi à faire le vide dans sa vie. C'était peut-être cela le changement. Au fond, on dit que l'on ne peut pas changer, mais il arrive que des personnes nous fassent ouvrir les yeux sur notre condition et nous amènent peu à peu vers de nouvelles vérités. Vérités qui sont peut-être plus ou moins vraies ou fausses. Tout dépend de la personne que l'on rencontre à l'instant où l'on en a besoin. Tout est une question de condition.

C'est ainsi que j'ai toujours cru que les rencontres anticipaient le changement de soi. Et parfois, il s'avérait même que ce changement était irréversible. Ce fut le cas pour ma mère qui était métamorphosée. Elle avait retrouvé une seconde jeunesse. Elle buvait, vivait, souriait, dansait, s'amusait avec des amies. Jamais seules, ces quinquagénaires que la vie avait délaissées sortaient en meute. Et cette fois, elles inversaient les rôles. C'était, pour la première fois de leur vie, elles qui menaient la danse. Certaines, qui n'avaient pas eu le courage d'avouer trop clairement l'étroitesse de leur vie de couple, enlevaient leurs alliances et la nuit leur appartenait. Ces adolescentes vieillies par la vie inversaient les rôles, avec la maturité elles s'appliquaient à plaire mais sans aimer, s'approcher sans s'attacher, toucher sans désirer, se donner avec « des jamais ».

Et à cet instant, elles étaient désirables. Elles faisaient des envieuses de les voir si vivantes et libérées. Mais elles pouvaient aussi inspirer de la pitié, ces dames à moitié pourries par la vie, les pleurs, et les cris, voulant rattraper ce qu'elles n'auraient plus jamais. La jeunesse. Le temps. Le temps qui était passé et qui ne les avait pas épargnées.

Jamais elles ne seraient aimées à nouveau et ne sauraient de toute façon plus donner leur confiance, s'attacher et se reposer auprès d'un homme fort, bien trop fort... Les hommes avaient abusé d'elles, de leur force, de leur pouvoir, de leur violence pendant toutes ces années. Aujourd'hui, pseudo féministe, elles détestaient les hommes, elles les haïssaient. Elles les prenaient, les consommaient et n'avaient aucune pitié à les voir pourrir dans leur jus au moment du départ. Si précipité pour ces derniers qui auraient aimé, encore une fois, abuser d'elles.

Et moi, devant tant de colère et de haine, devant des situations insupportables qui ne faisaient qu'empirer et ne s'éteindraient jamais, j'avais succombé. À cet instant, j'avais craqué et j'étais devenu celui à éviter. Tu ne murmuras aucun mot. À cet instant encore, je compris qu'il fallait que je te laisse partir, que je te laisse fuir. Toutes, vous m'aviez tourné le dos et j'étais seul face à mes peurs. Cette fois-ci, plus de doudou pour affronter la nuit. Les démons et les souvenirs viendraient me hanter, sans doute toute une vie. Tout était détruit.

Mes cartons étaient faits. Je ne pris que mes affaires personnelles, je te laissai tout le reste. Je n'avais plus d'espoir de connaître ma fille et à quoi bon me battre pour elle ? Je ne voulais pas la battre, elle.

Le mieux était de filer et tenter d'oublier ce que l'on n'oublie jamais. Un crime engendré par la colère, alimenté par des cris, consumé dans les méandres de l'esprit par la haine.

***

Ses parents vinrent la chercher à la sortie de l'hôpital pour l'accueillir dans leur maison à la campagne. L'endroit où elle avait grandi sentait bon l'enfance. Toujours cette même odeur, engendrée par le bonheur. Sa chambre était restée à l'identique et en passant devant ce vieux miroir, Madeleine s'approchai davantage pour se regarder...

L'image qu'il me renvoyait était un mensonge, un paradoxe. Comment ce ventre de derniers mois de grossesse qui portait la vie pouvait être marqué par les ecchymoses qui sentaient la mort ? Comment ce mélange de couleurs pouvait apparaître sur mon visage ? L'image que je renvoyais à cette chambre d'adolescente était terne et sans vie. Avant de mourir physiquement et mentalement, j'avais des rêves. Je me souvenais des beaux projets que je faisais. Des voyages dans les nuages, avec un homme prêt à me suivre, à me guider et à m'aimer. Aujourd'hui, il ne me restait que le fruit d'un amour oublié par les caresses brutales qu'il avait voulu me porter.

Ma mère entra dans ma chambre et vint s'asseoir près de moi sur le lit. Jeanne bougeait beaucoup en cette fin de dernier trimestre et chaque mouvement était difficile à supporter, tant son petit poids et sa taille ne trouvaient plus sa place en moi. Elle la sentit bouger et sourit, les yeux dans le vide. Nous étions tous accablés par la situation. Je voulais me ressourcer chez eux quelques temps, avant et après la naissance. Il me fallait du repos avant l'accouchement pour pouvoir sortir cette petite puce qui ne demandait qu'à vivre.

Ce soir-là pourtant, les contractions se firent plus rudes. Je ne les supportais plus. Mes parents m'emmenèrent à l'hôpital et j'appris que tu allais pointer ton bout du nez dans quelques heures. J'eus une angoisse à l'idée d'être seule pour te faire naître, mais c'était ainsi. Il fallait que je sois forte, la vie allait seulement commencer. Quand ton visage apparut devant moi, les larmes de joie et de tristesse se mélangèrent. Nous étions toutes les deux, nous serons pour toujours à deux. Je te protègerais, mon bébé, à tout jamais.

***

Mathilde avait raison. Édouard devint papa pour la seconde fois en tenant dans ses bras ce petit bonhomme qui criait bien trop fort. Il se sentait un peu coupable d'avoir ressenti ce vide alors que le ventre de Claire se remplissait d'un petit bonheur qui grandissait au fil des mois. Aujourd'hui, il a eu le droit à son premier sourire. Claire a immortalisé ce moment par une photo qu'ils colleront sans aucun doute sur le frigo. La vie, ça peut être cela aussi, des sourires et des étoiles dans les yeux et une famille qui s'aime malgré les tempêtes.

***

Tous leurs amis et la famille avaient répondu présent à leur invitation. Ils étaient nombreux dans cette grande mairie. Depuis peu, ils pouvaient sceller leur union et avaient le droit de s'aimer en vrai, de s'aimer devant les autres, devant tout le monde. Alors, Bertrand et Joël n'avaient pas hésité, ils s'étaient mariés. Ils s'étaient dits oui pour la vie. Joël rayonnait dans son costume trois pièces. Leurs yeux brillaient autant qu'une étoile filante.

24

Et la mort suit son lit…

Elle était seule, effondrée dans ce lit. Plus rien ne comptait, plus rien ne vivait autour d'elle. Son cœur battait encore fébrilement, difficilement. Son corps, lui, était brisé. Il ne respirait plus, il ne bougeait plus. Il ne savait pas pourquoi il avait souffert trente-cinq années auparavant en voyant cette lueur blanche. Peut-être aurait-il fallu que le cordon vienne s'enrouler autour de son cou, peut-être aurait-il fallu que son cœur plus fragile cesse sa valse régulière. Mathilde n'avait plus cette force de puiser en elle l'énergie pour avancer et être heureuse. Elle ne pouvait trouver le courage de continuer cette mascarade, cette ombre dans sa vie. Cette vie devait cesser pour laisser place au soleil sans nuage, pour elle et ses proches…

Une odeur de gâteaux et de pommes macérées vint soudain me chatouiller les narines. Les souvenirs me faisaient parfois défaut mais les odeurs étaient restées ancrées dans ma mémoire et dans mon nez. Je ne savais plus à cet instant ce que je pouvais attendre de la vie. Tout repassait devant mes yeux, se bousculait et se mélangeait dans mon cerveau qui tambourinait en parfait accord avec le rythme de mon cœur. Tous deux m'offraient une belle valse triste.

Mon cœur, qui avait décidé de se fermer à tout jamais, avait peut-être le droit à son heure de gloire. Il avait aimé beaucoup, différents visages, différents corps, avec ou sans raison, avec des sentiments se mélangeant et essayant de trouver pour tous, la plus grande place.

Entre amour et amitié, la barrière avait été parfois très mince. Entre passion et destruction également. La passion n'est pas un sentiment à envier, à rechercher, car au bout du compte, tout se fane, tout se détruit pour combler un manque. Et pour combler cet immense vide, tous les bras, tous les lits qui s'offraient à moi n'étaient pas suffisants. Il y avait toujours, après ces échanges de corps, un dégoût de l'autre, mais semblablement un dégoût de moi. Les miroirs n'en finissaient plus de me renvoyer l'image d'une personne fade, aux yeux vides, seuls reflets, seuls témoins de mon âme meurtrie sous les coups de cette vie. Il fallait que je repense à tout ce que j'avais aimé, tout ce que j'avais détesté, mais je ne pouvais plus peser le pour et le contre. Mes yeux étaient embués, embrouillés, mais ils ne coulaient plus. Ils ne savaient plus couler, ils ne savaient plus s'exprimer. Ils étaient vides comme ma tête et mon cœur.

Quand j'attrapai cette boîte de médicaments, seul remède à mon mal-être, seule efficacité pour m'empêcher de souffrir et de continuer à mourir, les souvenirs me sautèrent au visage.

Le petit tabouret

Je devais avoir cinq ans, j'étais assise sur un petit tabouret de bois qui devait avoir dix fois mon âge. Je contemplai mon visage dans la glace et détestai les quelques taches de rousseur collées sur mon nez. Mon grand frère, âgé de sept ans à l'époque, prenait toujours un malin plaisir à me faire pleurer. Il n'était pas drôle et pouvait se montrer très froid et cassant, mais quand mes larmes se mettaient à couler, il me serrait dans ses bras pour me consoler. Déjà, à cinq ans, je pleurais pour un rien et je jouais de ce côté fragile que seules les femmes (et les petites filles) peuvent revendiquer. Ce jour-là, pourtant, il était différent. Il n'avait pas eu de mots blessants à mon égard. Il me poussa la fesse au risque de me faire tomber et vint s'asseoir auprès de moi. Nous nous lançâmes alors dans un concours de grimaces devant la glace qui nous fit pouffer de rire. Plus on riait, plus on recommençait. Cependant, notre agitation eut raison de ce pauvre petit tabouret vieux d'un demi-siècle qui lâcha sous notre poids et nos fous-rires. Nous nous retrouvâmes par terre et les rires nous emportèrent davantage. Pour la première fois, mes yeux pleurèrent de joie.

Un autre souvenir vint me caresser l'esprit.

Lassie

Je devais avoir dix ans tout au plus, nous étions cette fois-ci avec mon frère et Édouard dans la grande maison. Nous jouions aux espions, et comme à leur habitude, ils avaient fait mauvaise figure face aux attentes de ma grand-mère qui étaient de m'intégrer à leurs jeux de garçons sans prendre prétexte que j'étais une fille et que j'étais plus jeune. À contre cœur pour mon frère et avec de l'indifférence pour Édouard, j'étudiais avec attention la carte qui nous révélait l'emplacement du diamant à dérober. Alors que nous étions en train d'élaborer des plans et des chemins pour éviter les alarmes, chiens de garde et policiers, nous entendîmes de légers aboiements. Nous fûmes tous les trois étonnés, puisque notre brave colley nous avait quittés quelques temps auparavant. C'est en regardant vers la maison que nous vîmes un long museau dépasser devant une minuscule boule de poils. Nos grands-parents nous avaient fait une surprise. Une petite chienne grise au doux nom de Lassie était assise en haut des marches et remuait déjà la queue en voyant trois enfants euphoriques s'approcher d'elle en courant et en criant de joie. Nous nous adoptâmes tous les quatre et nous l'emportâmes dans nos jeux comme un tourbillon. Elle était pleine de vie et joyeuse. Nous étions heureux et inventifs. Le mélange de notre amour fraternel et cette amitié sans relâche entre nous donnait de la joie dans cette maison.

Le premier

J'avais quinze ans. Je me souviens de cette première fois, de ce premier Amour dont je pensais qu'il durerait toujours. On est naïf et innocent à cet âge. Il faisait froid et nous avions décidé de nous retrouver chez mon petit ami de l'époque, que j'adulais comme un prince. C'est vrai qu'il était sexy derrière de belles plaques de chocolat prêtes à être croquées… Lorsque j'arrivai chez lui, cette après-midi là, il m'attendait le cœur tambourinant dans sa poitrine. J'étais dans le même état. Nous ne connaissions pas *cela,* nous ne connaissions rien à l'amour physique. Il avait lu des dizaines de fois comment mettre le préservatif et m'avait fait un cours avant de m'embrasser. Je trouvais cela mignon d'être sa première. Il trouvait cela impressionnant d'être mon premier. Le souvenir resta gravé en moi toute ma vie, puisque ce fut un moment doux, amoureux et agréable. Quand il me laissa tomber un mois après pour une petite écervelée… J'eus envie de mourir et de l'oublier sur le champ. Je n'en fis rien. Je laissai mon chagrin me dévorer pendant, plusieurs mois, puis en passant au lycée, je rencontrai Hugo et, là, tous les autres furent évincés en quelques secondes.

Les Adieux

Je devais avoir vingt ans à l'époque et nous faisions une soirée dans l'immense appartement que mon frère occupait rue de Gand, à Lille. C'était la dernière soirée en ces lieux, c'était ses adieux à la vie d'étudiant dans notre région, c'était son départ et notre séparation que nous fêtions à ce moment-là. Tout le monde était là, déjà à l'époque. Édouard, Hugo, Bertrand et bien d'autres amis qui avaient partagé l'enfance, l'adolescence et les années fac de mon frère. Il fêtait son départ, il partait poursuivre son master en économie (oui, il en faut pour tout le monde) en Australie. Il m'abandonnait pendant deux années entières et je n'avais pas le cœur à la fête. Lui qui avait toujours été là pour moi, lui qui avait toujours veillé sur moi, modéré mes coups de cœur, tempéré mes coups de gueule. Qu'allais-je devenir sans lui ? Il vint s'asseoir sur le canapé où j'étais affalée à picoler ma cinquième Karmeliet. Mes yeux étaient brouillés de larmes et d'alcool et la cuite approchait à grands pas.

Il me fit, comme à son habitude, un long discours désagréable en me traitant de gamine, puis me serra très fort dans ses bras. Il pleurait comme un bébé. À moitié saouls tous les deux, ensemble, nous l'étions entièrement. Il me répétait qu'il m'aimait très fort et qu'il continuerait à veiller sur moi de là-bas. Puis, il se leva et attrapa les bras d'Édouard et Hugo. Il leur parla un petit moment en me pointant du doigt. J'appris par Édouard, un soir de plus grosse déprime et de manque de lui, qu'il avait demandé à ces deux zouaves de veiller sur moi en son absence. Ça ne m'étonnait pas de lui qui avait toujours pris très à cœur son rôle de grand frère.

La première soirée

Quand j'ai rencontré Elliot, je suis tombée amoureuse de lui à la seconde. Criblée de fièvre dans ce cabinet, je voulais faire bonne figure pour le séduire et m'enfuir avec lui. Le soir de notre premier rendez-vous (car visiblement la sueur qui perlait sur mon front ne l'avait pas effrayée), il m'emmena chez lui, dans un petit appartement rue de la Clef. Il poursuivait à l'époque des études d'architecte et était encore étudiant. Il vivait néanmoins dans une rue magnifique et avait un appartement qui dépassait les cinquante mètres carrés.

Sa galanterie fut la chose qui me toucha le plus chez lui. Tout était prêt, bougies, repas, bon vin, musique. Il était fin et cultivé. Galant et intéressant. Je n'avais pas faim, je ne faisais que de le dévorer des yeux. Je l'aimais et le désirais. Je lui aurais bien offert ma vie dès son premier sourire, dès son premier regard. Je pense que c'est ce que je fis, et il l'accepta en retour. Cette soirée fut l'un des meilleurs souvenirs de ma vie. Le désir latent qui s'accélère au cours de la soirée, l'envie de s'endormir contre l'autre pour la première fois, le besoin de se réveiller pour le regarder, apprécier ses défauts et ne voir que des qualités. Tous ces petits moments qui sont des ressources fiables pour le bonheur et l'éloignement de la routine. Je l'épousai peu de temps après car je l'aimais sincèrement. Ses petits défauts me faisaient encore sourire quand je lui dis *oui* civilement.

L'importance des mots.

Je n'avais pas encore tout à fait trente ans et tu étais malade. Nous avions appris quelques années auparavant que la maladie te consumait peu à peu. Tu sais, celle qui te faisait oublier jusqu'à ton prénom, ton nom, des syllabes et mêmes les lettres qui vont avec. Nous étions à deux dans une chambre d'hôpital fade comme toutes les chambres d'hôpitaux. J'avais peur que tu ne partes. Je tenais ta main frêle et squelettique et te racontais ma journée. Tu regardais par la fenêtre, tu ne semblais même pas te rendre compte que j'étais là, près de toi, à te conter ma vie.

Quand soudain, les larmes coulèrent toutes seules. Je pleurais du manque que je ressentais pour mon grand-père, je pleurais de te voir dans cet état et je pleurais de me sentir impuissante face à ta maladie. Les larmes coulaient sans que je puisse les arrêter. La pression retombait et la douleur envahissait mon estomac.

Tu te tournas vers moi, et sortant de ton mutisme de plusieurs années, tu me dis « *Eh bien, il ne faut pas pleurer comme ça ».* Ta petite et douce voix était la même qu'avant, sauf que je ne l'avais pas entendue depuis des mois, voire des années. Je cessai à la seconde, obéissant à ta requête. Mes yeux ronds, écarquillés, te regardaient d'un œil inquiet. Tu semblais être triste face à la situation. Je te souris et te susurrais un « je t'aime ». Tu me rendis mon sourire et replongeas dans tes pensées d'un autre temps.

Il était temps d'en finir, car à me poser trop de questions, je n'aurais pas le cran de le faire. Continuer cette vie me paraissait insurmontable. Sans réfléchir, je vidai entièrement la boite de calmants dans ma bouche et pris une lampée d'eau pour tout faire passer. Tout passa.

D'autres souvenirs s'invitèrent à la fête.

Le jour de ma naissance, c'est aussi la tienne.

J'avais trente ans. Je les avais eus quelques mois auparavant et nous les avions fêtés comme il se doit, mais au jus d'orange car je te portais, mon petit bébé. Ce soir-là, les douleurs dans le bas du ventre s'étaient amplifiées. Tout mon ressenti de maman me disait tout bas que j'allais bientôt te serrer, toi, ma petite merveille. Ton papa qui était stressé à l'idée de ne pas être près de moi pour le jour J était presque soulagé, en me conduisant à la maternité, de me voir agoniser dans la voiture.

Quand on m'installa en salle d'accouchement, toutes les douleurs me parurent superflues, je ne pensais qu'à te serrer et t'aimer en vrai. Tu pointas ton petit bout de nez quelques heures après et en voyant ton petit regard bouffi, je crus naître pour la seconde fois. Tu étais ma vie, la mieux, celle que l'on savoure un peu plus jour après jour.

Face à ces souvenirs qui venaient cogner dans mon esprit, je me rendis compte que j'avais été heureuse à un moment pas si lointain.

Je restai assise quelques minutes, imaginant que la mort viendrait me chercher instantanément. Mais rien ne vint tout de suite. Il fallait encore attendre, encore être patiente.

Durant ces quelques minutes d'attention sur les éventuels effets que mon corps pouvait ressentir, je pensais à Raphaël, et la culpabilité vint s'emparer de moi. Qu'étais-je en train de faire ? Allais-je vraiment abandonner mon fils ?

Je me levai d'un bond pour atteindre les toilettes et renoncer à cette idée ! Vite, vomir, c'était ma seule chance. Mes doigts bien enfoncés au fond de ma gorge, rien ne vint pour autant. Ma vue commençait à se troubler et le mal de ventre s'amplifiait à chaque instant. Je passai un peu d'eau sur le visage et attrapai mon portable pour composer le numéro des pompiers. Rien à faire, je ne captais pas. Fichue technologie ! Je ne réfléchis pas, j'attrapai les clefs de voiture pour me rendre à l'hôpital. Je n'étais pas trop loin, et à cette heure-ci, je pouvais éviter les bouchons sur le périphérique.

Au volant de ma voiture, je roulais au pas. Les nausées s'amplifièrent jusqu'à me vomir dessus. Ma tête se mit à tourner et je perdis un instant le contrôle de mon véhicule. Heureusement, je réussis sans trop de difficultés à me remettre sur ma voie. Les klaxons derrière moi allaient bon train… J'essayais de ne pas perdre pied. Cependant, alors que j'approchais de la sortie qui me menait vers mon sauvetage, les vomissements recommencèrent. Je ne pus cette fois éviter la rambarde de sécurité.

L'allure à laquelle elle toucha ce parapet de fer était vive. Elle l'arrêta à peine. La voiture fit des tonneaux sur le périphérique. La tête de Mathilde balançait d'un côté et de l'autre du dossier. Elle ne contrôlait plus rien.

Je n'avais plus qu'à me laisser porter et attendre que ça se passe. Ça ne dura que quelques secondes, mais elles me parurent des heures. Quand la voiture s'arrêta, je compris que j'étais en plein milieu des trois voies en voyant cet immense camion arriver.

Mathilde eut le réflexe de cacher son visage avec ses bras en hurlant.

Le noir se fit dans sa vie…

25

Des heures glaciales quand il fait chaud

Il faisait froid dans les églises, Elliot n'aimait pas ces endroits et encore moins en ce moment. Il se sentait seul sur son banc, à côté d'un bonhomme qu'il n'avait pas vu grandir, à cause de ses absences, à cause de son éloignement. Pourtant ce petit bout l'appelait papa.

Je regardais ces boucles blondes et ses yeux ronds qui ne quittaient pas ta photo. Tu étais belle et souriante. C'est lui qui l'avait choisie. Cela remontait avant sa naissance, avant toutes ces années sombres qui t'avaient portée soigneusement vers ce trou, vers ta chute. Il regardait ton visage, celui de sa maman et il ne pleurait pas. Comprenait-il qu'il ne te verrait plus, qu'il ne te toucherait plus, qu'il n'entendrait plus le son de ta voix, à part dans ses rêves les plus doux. Moi-même, j'avais du mal à réaliser le pourquoi de notre présence en ces lieux. Toutes les personnes qui passaient semblaient abasourdies, nous lançaient des regards plaintifs et malheureux, mais nous étions vaillants tous les deux, nous touchant du bout des doigts.

Les larmes ne perlaient pas. Nous voulions te faire honneur. Nous voulions que, de là-haut, tu puisses être fière de nous. Ton petit bonhomme y mettait un point d'honneur. De temps à autre, il se tournait vers moi et me répétait que tu étais belle sur la photo et qu'il ne pleurerait pas pour ne pas te faire de la peine. À ces instants, je peinais à garder mon calme et mon sang froid. Je sentais un mélange de douleur intense et de haine pour toi qui avais choisi de nous laisser, livrés à nous-mêmes. Toi, à qui l'on pardonnait tout quand tu nous souriais. Allais-tu encore t'en tirer par une pirouette, par un sourire ? Un dernier ?

Je te regardais, nos yeux ne te quittaient pas. Les personnes continuaient de défiler devant nous, mais je ne les voyais pas. Elles me serraient, m'encourageaient, me plaignaient, je ne sentais plus rien. Je regardais ton visage qui semblait me sourire davantage. J'essayais de me remémorer ta présence dans mon corps, la douce mélodie de ta voix qui savait si bien me calmer et m'emporter.

Je ne savais quel sentiment allait dominer une fois que cette plaque de marbre se serait refermée sur ton lit de bois. Je ne savais pas comment vivre sans toi. Je ne savais pas si ce sentiment d'impuissance allait perdurer, m'emmener et m'enlever à mon tour. Allais-je me sentir coupable ? Ou est-ce que cette culpabilité allait peu à peu virer vers une impuissance qui allait sans doute me dépasser ?

Pour l'instant, il me restait ce bout de bois sculpté dans lequel tu t'étais endormie. Mes baisers n'y pouvaient rien, je ne pouvais pas te ranimer, je devais te laisser, tu ne m'avais pas laissé le choix.

Alors je m'accrochais à lui, à toi, à tout ce qui me restait de concret. Avant de refermer cette boîte, c'était ton corps que je touchais, maintenant ce n'était plus que ce bois et bientôt ce seraient mes souvenirs qui me toucheraient et m'envelopperaient.

Je vis nos amis et notre famille passer et s'asseoir dans les premiers rangs. Leurs yeux étaient rouges et leur souffle saccadé. Ils peinaient à avancer. Certains s'attardaient sur ta photo comme Édouard et Jean qui étaient dans le même état que moi, livides et dans une incompréhension totale.

D'autres, le nez vers les chaussures ou les vieilles pierres de cette petite église, ne voulaient pas croiser de regards. Leurs nerfs lâchaient, et bien peu vaillamment, ils avançaient cahin-caha vers la sortie pour ne plus être confrontés à cette vision d'horreur. Vision à laquelle tu ne nous avais pas préparés, à laquelle personne n'était préparé.

Au micro, la vieille voix rocailleuse de la dame qui avait été choisie pour ton adieu s'éleva dans la nef. Elle ne réussit pas à me sortir de mes songes. Je restais assis quand il fallait se lever et Raphaël me tira par la manche. Je le regardais se lever, ce petit bonhomme d'à peine cinq ans, qui écoutait attentivement cette inconnue qui nous rappelait ta courte vie.

Avais-je donc été un aussi piètre mari, que tu aies choisi d'en finir et de continuer ta route loin de nous ?

La messe me parut courte, et quand ces trois hommes, tout de noir vêtus, ressemblant eux-mêmes à la mort, vinrent porter ton dernier lit, te porter pour t'éloigner de moi et traverser l'allée centrale, je crus m'évanouir.

Neil Young pleurait sa chanson Heart of Gold dans les amplis et répandait ses larmes dans toute l'église, touchant tout le monde, inondant toutes les allées.

Je dus m'asseoir un instant avant de te suivre. Raphaël m'attrapa la manche encore une fois, il voulait être le premier derrière toi. Je lui pris la main et la serrai presque à la broyer. De l'autre, je cachai mes yeux rouges qui coulaient à flots.

Tes parents, ton frère, ta sœur nous suivaient de près. J'entendais les pleurs de tes parents derrière moi, complètement accablés.

Comment enterrer son enfant ? Se sent-on coupable de le perdre de cette façon ? Je ne savais plus. Je ne savais pas.

Puis venaient Édouard et Claire la tête penchée regardant le sol. Derrière eux, Hugo, seul au monde, suivi d'Agathe et Benoît qui le soutenaient parfois. Anouk et Jean se serrant l'un contre l'autre et mélangeant leurs larmes, Bertrand et Joël regardant le cercueil s'enfoncer un peu plus loin vers la sortie et se touchant du bout des doigts. Puis, d'autres amis, d'autres membres de la famille, des collègues, des connaissances, des voisins, des parents d'élèves…

Tous s'étaient unis à toi, tous avaient l'air sincèrement attristés. On te mit dans le corbillard. Tout le monde vint me serrer. Nous montâmes peu de temps après avec Édouard. Le cimetière était à deux pas. Il fallait se préparer, on allait bientôt te descendre dans ce trou noir. Les cordages enroulèrent ton lit et tu descendis, toi légère comme une plume, qui appréhendait le noir tout au fond de ce creux.

Raphaël regardait tout. Il fut le premier à te jeter une tulipe. Tes fleurs préférées. Il s'agenouilla, et pour la première fois, il explosa en sanglots en répétant *maman*. Je le pris dans mes bras et lui enroulai la tête de mes mains moites pour ne pas qu'il visualise davantage cette image, mais il se débattait en hurlant des phrases que je ne comprenais pas.

Édouard et Hugo vinrent m'aider à le tirer en pleurant plus encore. Cette image vint amplifier le côté dramatique de la situation. J'attendais en silence près de toi que toutes ces personnes aux yeux rouges passent te dire Adieu.

Peut-être ne t'avais-je pas assez dit combien je t'aimais. Peut-être t'avais-je laissé, livrée à toi-même, petite fille perdue dans une goutte d'eau, surprotégée en tout temps par les tiens.

Il faut que tu comprennes une chose, mon Amour. Je n'ai jamais cessé de t'aimer et à aucun moment, aucune autre femme n'est venue partager mon lit ou mes esprits. C'était toi pour toujours, la femme de ma vie.

Cependant, quand je t'avais retrouvée gisant sur le sol de la terrasse, l'overdose s'étant emparée de toi, je m'étais senti coupable et négligeant. Je m'étais alors mis en tête de t'aider à quitter le nid, notre nid pour voler de tes propres ailes et rencontrer quelqu'un qui était plus digne de toi que moi. Tu n'as pas compris mon souhait, je ne te l'ai pas exposé. Je pensais que tu te serais lassée de moi et que tu aurais fui. Mais tu étais restée, pensant que tout changerait, tu étais restée tout simplement parce que tu m'aimais. J'eus l'impression de t'avoir poussée dans ce vide et c'est la culpabilité qui m'envahit en premier. Au moment de refermer cette plaque de marbre, je te dis une dernière fois que je t'aime et que je veillerais sur notre fils.

Le noir se fit alors dans ma vie…

Le soir, Raphaël se réveilla et vint me voir. Il s'en voulait d'avoir craqué. Je lui expliquai qu'il devait craquer à chaque fois qu'il le souhaitait car c'était naturel de pleurer quelqu'un que l'on aimait, et encore plus quand on avait cinq ans et que l'on venait de perdre sa maman.

Il vint sous la couette se blottir tout contre moi et pleura un long moment avant de s'endormir dans notre lit. Je le laissai près de moi, sa présence me forçait à être fort et ne pas craquer. Nous avions tous les deux besoin l'un de l'autre. Je ne ferai pas la même erreur, je le protègerai et serai présent dans chacun de ses choix.

Épilogue

Avance, avançons, avancez.

« J'avais cinq ans quand tu as décidé de partir pour le plus grand des voyages, tu sais, celui dont on ne revient jamais. Tu en avais décidé ainsi. J'ai néanmoins gardé beaucoup de souvenirs de toi, beaucoup de souvenirs de cette période qui, pour moi, était joyeuse. Tu as été une maman aimante et attendrissante. Tu t'es toujours mise en quatre pour me satisfaire et m'aimer. Répondre à mes besoins et à mes exigences de petit garçon. Je n'ai jamais remarqué à cette époque que tu étais malheureuse. Tes yeux n'étaient jamais humides et ton sourire toujours présent pour moi. Tes étreintes étaient douces et régulières, tu m'enlaçais toujours et j'aimais ton odeur. Je sais que malgré ton absence tu m'as suivi et aidé dans chacun de mes pas. J'ai ressenti ta présence à chaque grand évènement et tes conseils aux allures de petits signes. J'aurai voulu te connaître davantage et t'enlacer plus encore. Apprendre la vie dans tes sourires et tes colères. Entendre ta voix dans tes joies et tes peines. Aujourd'hui, comme hier et demain, je ne t'en veux pas. J'ai grandi avec toi, avec mes souvenirs et tes mots dans ma tête. Papa a été présent pour deux et m'a surprotégé. Merci à tous les deux. »

Raphaël attrapa son verre dans une main, la jolie jeune femme qui venait de lui dire oui dans l'autre, et ils trinquèrent à leur bonheur.

Alors qu'il s'apprêtait à se rasseoir sur sa chaise, un souffle lui parcourut le cou. Cela le fit tressaillir et il fit tomber sa serviette de table sous la chaise. Penché dans la pénombre de la salle qui se préparait à les accueillir sur la piste de danse, il vit un bout de papier par terre. Il le ramassa.

Il s'agissait d'une photo. Un peu en retrait, il la retournait et ses yeux s'embuèrent de larmes. C'était eux, lui et Mathilde, quelques mois avant son départ. Ils avaient fait cette photo à deux, au zoo de Lille. Elle l'enlaçait et souriait à l'objectif. Ils étaient heureux d'être ensemble à cet endroit. Il glissa la photo dans sa poche, leva les yeux vers le plafond et lui susurra un *merci*.

Distribué par
Audience
389 rue du Vert Debout
59194 RACHES
contact@editionsaudience.com

www.editionsaudience.com

Dépôt légal : Juin 2016
ISBN 979-10-96454-00-6

N° d'impression : 354648